GUDRUN PAUSEWANG
Die letzten Kinder von Schewenborn

Dieses Buch erhielt bisher folgende Auszeichnungen:

1983

Jugendbuch des Monats April, Wien
(Klub der Jugend für Jugendbuchkritik)

Buch des Monats August, Göttingen (JUBU-CREW)

Preis der Leseratten, Mainz
(SCHÜLER-EXPRESS im ZDF)

Zürcher Kinderbuchpreis »La vache qui lit«

1984

Buxtehuder Bulle

Gustav-Heinemann-Friedenspreis

GUDRUN PAUSEWANG

Die letzten Kinder von Schewenborn

oder . . . sieht so unsere Zukunſt aus?
Erzählung

Büchergilde Gutenberg

Lizenzausgabe für die Büchergilde Gutenberg,
Frankfurt am Main, Olten, Wien
Mit freundlicher Genehmigung des
Otto Maier Verlages Ravensburg

Umschlaggestaltung: Wolfgang Rudelius, Friedberg
Gesamtherstellung: Druckhaus E. Kaufmann, Lahr

Printed in Germany 1983 ISBN 3 7632 2858 6

FÜR MEINEN SOHN MARTIN

AM ANFANG
SCHUF GOTT HIMMEL UND ERDE

Aber nach vielen Jahrmillionen
war der Mensch endlich klug genug.
Er sprach: Wer redet hier von Gott?
Ich nehme meine Zukunft selbst in die Hand.
Er nahm sie,
und es begannen die letzten sieben Tage der Erde.

Am Morgen des ersten Tages
beschloß der Mensch,
frei zu sein und gut, schön und glücklich.
Nicht mehr Ebenbild eines Gottes,
sondern ein Mensch.
Und weil er etwas glauben mußte,
glaubte er an die Freiheit und an das Glück,
an die Börse und an den Fortschritt,
an die Planung und an seine Sicherheit.
Denn zu seiner Sicherheit
hatte er den Grund zu seinen Füßen gefüllt
mit Raketen und Atomsprengköpfen.

Am zweiten Tage der letzten Zeit
starben die Fische in den Industriegewässern,
die Vögel am Pulver aus der chemischen Fabrik,
das den Raupen bestimmt war,
die Feldhasen an den Bleiwolken von der Straße,
die Schoßhunde an der schönen roten Farbe in der Wurst,
die Heringe im Öl auf dem Meer
und an dem Müll auf dem Grunde des Ozeans.
Denn der Müll war aktiv.

Am dritten Tage
verdorrte das Gras auf den Feldern
und das Laub auf den Bäumen,
das Moos an den Felsen
und die Blumen in den Gärten.
Denn der Mensch machte das Wetter selbst
und verteilte den Regen nach genauem Plan.
Es war nur ein kleiner Fehler
in dem Rechner, der den Regen verteilte.
Als sie den Fehler fanden,
lagen die Lastkähne auf dem trockenen Grund
des schönen Rheins.

Am vierten Tage
gingen drei von vier
Milliarden Menschen zugrunde.
Die einen an den Krankheiten,
die der Mensch gezüchtet hatte,
denn einer hatte vergessen, die Behälter zu schließen,
die für den nächsten Krieg bereitstanden.
Und ihre Medikamente halfen nichts.
Die hatten zu lange schon wirken müssen
in Hautcremes und Schweinelendchen.
Die anderen starben an Hunger,
weil etliche von ihnen den Schlüssel
zu den Getreidesilos versteckt hatten.
Und sie fluchten Gott,
der ihnen doch das Glück schuldig war.
Es war doch der liebe Gott!

Am fünften Tage
drückten die letzten Menschen den roten Knopf,
denn sie fühlten sich bedroht.
Feuer hüllte den Erdball ein,
die Berge brannten, und die Meere verdampften,

und die Betonskelette in den Städten
standen schwarz und rauchten.
Und die Engel im Himmel sahen,
wie der blaue Planet rot wurde,
dann schmutzig braun und schließlich aschgrau.
Und sie unterbrachen ihren Gesang
für zehn Minuten.

Am sechsten Tage
ging das Licht aus.
Staub und Asche verhüllten die Sonne,
den Mond und die Sterne.
Und die letzte Küchenschabe,
die in einem Raketenbunker überlebt hatte,
ging zugrunde an der übermäßigen Wärme,
die ihr gar nicht gut bekam.

Am siebten Tage
war Ruhe.
Endlich.
Die Erde war wüst und leer,
und es war finster über den Rissen und Spalten,
die in der trockenen Erdrinde
aufgesprungen waren.
Und der Geist des Menschen
irrlichterte als Totengespenst über dem Chaos.
Tief unten,
in der Hölle, aber
erzählte man sich die spannende Geschichte
von dem Menschen,
der seine Zukunft in die Hand nahm,
und das Gelächter dröhnte hinauf
bis zu den Chören der Engel.

Jörg Zink

1

Es ist nicht so gekommen, wie es sich unsere Eltern und die meisten übrigen Erwachsenen vorgestellt hatten: mit immer schärferen Drohungen von beiden Seiten und gegenseitiger Kriegserklärung und genug Zeit, um sich noch schnell in ein Alpental oder auf eine Mittelmeerinsel zu flüchten.

Nein. Es kam ganz plötzlich, so plötzlich, daß es viele Leute in Badehosen oder im Liegestuhl überrascht hat. Es kam wie aus heiterem Himmel. Zwar hatte man in den letzten Wochen und Tagen vor der Katastrophe über die wachsende Spannung zwischen Ost und West viel diskutiert. Sogar meine Mutter hatte den Fernseher eingeschaltet, wenn die Nachrichten kamen, was sie sonst nie getan hatte. Aber seit dem Zweiten Weltkrieg war die Lage schon oft gespannt gewesen, und es war trotzdem nichts passiert.

Die Urlaubs- und Ferienzeit fing gerade an. Niemand wollte gern an Unangenehmes denken und sich darüber den Kopf zerbrechen.

»Meinst du nicht, wir sollten lieber erst mal zu Hause bleiben, bis sich alles beruhigt hat?« fragte meine Mutter den Vater, einen Tag bevor wir in Urlaub fahren wollten. Meine Mutter war schon immer etwas ängstlich gewesen, was die Politik betraf.

»Unsinn«, antwortete er. »Da könnten wir lange warten. Spannungen gibt's immer. Die da oben werden sich schon wieder vertragen, egal, ob wir im Urlaub sind oder nicht. Außerdem haben wir uns bei deinen Eltern angemeldet. Sie freuen sich so auf die Kinder. Sie wären enttäuscht, wenn wir sie auf die nächste oder übernächste Woche vertrösten würden oder überhaupt nicht kämen.«

Also fuhren wir los, nachdem wir unseren Wellensittich und unseren Pudel bei Frau Kellermann abgegeben hatten. Frau Kellermann wohnte über uns. Schon immer, seit ich mich erinnern kann, versorgte sie unsere Tiere, wenn wir verreisten, und goß unsere Blumen. Dafür übernahmen wir ihre Katze und gossen ihre Blumen, wenn *sie* verreiste. Daß wir dieses Mal weder Frau Kellermann noch unseren Wellensittich noch unseren Pudel noch unsere Wohnung, ja nicht einmal unser Frankfurter Stadtviertel Bonames wiedersehen würden, ahnte keiner von uns.

Während der Fahrt waren wir in bester Stimmung, wir fünf. Das waren meine ältere Schwester Judith, meine jüngere Schwester Kerstin, meine Eltern und ich. Damals war ich zwölf Jahre alt, fast dreizehn. Judith war drei Jahre älter als ich. Kerstin war erst vier. Wir freuten uns sehr auf die vier Wochen in Schewenborn. Dort erwartete uns der Großvater mit seiner Hobby-Werkstatt und seinem Garten am Fleyenhang. Dort erwartete uns die Großmutter mit Eingemachtem, das im Keller in einem großen Regal für uns bereitstand, und mit ihrer Spieluhrensammlung, die sie uns bei jedem Besuch vorführte. Meine Eltern brachten ihr diesmal auch wieder eine Spieluhr mit. Die sah wie eine Schmuckschatulle aus, und wenn man an ihrer kleinen Kurbel drehte, klimperte sie *O sole mio*. Mein Vater zog die Großmutter wegen dieses Ticks oft auf, aber wir Kinder fanden ihre Sammlung einfach klasse. Jeder von uns hatte eine Lieblingsmelodie.

In Schewenborn gab es noch viel mehr, worauf wir uns freuten: die Winkel und Treppchen und Tore zwischen den alten Fachwerkhäusern, wo es sich so gut Versteck spielen ließ. Den dicken alten Turm mit dem Umgang, von dem aus man die ganze kleine Stadt überblicken konnte. Das Heimatmuseum in der Burg, durch das uns der Großvater manchmal führte und alles so interessant und witzig erklärte, daß es uns nie langweilig wurde. Das Schwimmbad an der Schewe mit warmem Wasser auch an kalten Tagen. Meine Mutter freute sich auf den

Schloßpark, in dem sie abends mit der Großmutter gern spazieren ging, rund um das Schloß zwischen den riesigen Kastanien. Mein Vater freute sich auf die großen Wälder, denn er war ein begeisterter Wanderer, und auf den Maldorfer See, an dem er oft mit dem Großvater angelte.

Wir fuhren auf der Kasseler Autobahn bis Alsfeld, dann bogen wir in den Vogelsberg ab. Es war ein Julitag, wie man ihn sich nur wünschen kann. Mein Vater fing an zu singen, und wir sangen mit. Meine Mutter übernahm die zweite Stimme. Als wir durch Lanthen fuhren, war noch alles wie immer.

Aber im Wald zwischen Lanthen und Wietig, gerade in der Kurve am Kaldener Feld, blitzte es plötzlich so grell auf, daß wir die Augen zupressen mußten. Meine Mutter stieß einen Schrei aus, und mein Vater trat so fest auf die Bremse, daß die Reifen quietschten. Der Wagen geriet ins Schleudern und blieb quer zur Fahrbahn stehen. Wir wurden in den Gurten hin- und hergerissen.

Sobald der Wagen stand, sahen wir am Himmel, hinter den Wipfeln, ein blendendes Licht, weiß und schrecklich, wie das Licht eines riesigen Schweißbrenners oder eines Blitzes, der nicht vergeht. Ich schaute nur einen Augenblick hinein. Trotzdem war ich danach eine ganze Weile wie blind. Starke Hitze drang durch das offene Fenster herein.

»Was ist das?« hörte ich meine Mutter schreien. Sie hatte die Hände vors Gesicht geschlagen. Der Vater hatte auch den Arm vor den Augen. Judith, die hinter der Mutter saß und zusammen mit ihr die schlimmste Hitze abbekam, ächzte und ließ sich seitwärts auf Kerstin und mich fallen.

»Fenster zu!« brüllte der Vater.

Aber noch ehe jemand zu den Kurbeln greifen konnte, erhob sich ein rasender Sturm. Vor uns bogen sich die Bäume, ihre Wipfel neigten sich tief. Wir hörten Holz krachen und splittern. Unser Wagen wurde gepackt und gerüttelt. Wir klammerten uns aneinander, denn wir dachten, wir würden in den Graben geschoben. Judith hatte ihre Finger in mein Knie gekrallt. Ihr Haar peitschte mir ins Gesicht. Kerstin schrie so schrill, daß wir kaum das Krachen der Bäume hörten. Hinter uns stürzte eine Fichte quer über die Straße. Unser Wagen bebte.

Der Sturm ließ ebenso schnell nach, wie er gekommen war. Zugleich wurde es finster wie vor einem besonders schlimmen Gewitter. Hinter dem Wald, in der Ferne, wälzten sich dunkle Wolken in unglaublicher Geschwindigkeit empor. Die Sonne verschwand. Windstille trat ein.

»Was ist das, Klaus?« schrie meine Mutter noch einmal und klammerte sich an den Arm meines Vaters.

»Fenster zu!« schrie er sie an und schüttelte sie ab, um kurbeln zu können. Da kurbelte sie auch auf ihrer Seite, wobei sie so verzweifelte Laute ausstieß, daß sie mir richtig unheimlich wurde. Die Kurbelei schien endlos, aber noch ehe das Fenster zu war, fegte ein neuer Sturm über uns hin, diesmal aus der entgegengesetzten Richtung, und noch einmal stöhnten und splitterten die Bäume, noch einmal zitterte unser Wagen. Danach beruhigte sich die Luft, und die Bäume richteten sich wieder auf. Draußen dröhnte es laut und schrecklich, aber anders als bei einem Gewitter.

Der Vater drehte sich langsam nach uns um und sagte mit einer ganz fremden Stimme: »Gott sei Dank, ihr seid ja noch da.« Dann fuhr er Kerstin an, sie solle schweigen. Sie gehorchte, was sie sonst selten tat. Da wurde es still, draußen und drinnen, bis Judith ihren Kopf hob. Sie starrte mit verzerrtem Gesicht in die Dämmerung hinaus. An ihren Augen konnte ich erkennen, wie sehr sie sich fürchtete. Aber sie fing an zu lachen. Sie konnte nicht mehr aufhören zu lachen. Sie schrie vor Lachen. Nie werde ich dieses Gelächter vergessen. Sie lachte, bis meine Mutter sie anschrie: »Hör auf – sofort!«

Da biß sie sich in die Hand. So machte sie's immer, wenn sie zu lachen aufhören sollte, aber nicht konnte. Das half. Sie wurde still.

Aus verschiedenen Richtungen hörten wir Feuersirenen heulen.

Wir sahen einander an. Meine Mutter war sehr bleich. Auch mein Vater sah verstört aus, aber das konnte man nicht so deutlich sehen, weil er einen Bart trug. Kerstin kletterte zwischen den beiden Vordersitzen durch auf Mutters Schoß und klammerte sich an sie wie ein Affenkind.

»Fahr doch zur Seite!« herrschte die Mutter den Vater an. »Wir stehen ja noch immer quer auf der Straße! Wenn jetzt was angefahren käme!«

Ich merkte, daß der Motor immer noch lief. Der Vater fuhr den Wagen zur Seite und blieb dort stehen.

»War das eine Explosion?« fragte ich.

Der Vater nickte.

»Da muß aber ein ganzes Munitionslager in die Luft geflogen sein!« rief ich.

Der Vater schüttelte den Kopf und sagte: »Kein Munitionslager.«

»Glaubst du –?« fragte die Mutter den Vater. »Du meinst also –?«

»Es sieht ganz so aus«, antwortete er. »Es kann nichts anderes gewesen sein.«

»Aber das ist doch unmöglich«, jammerte sie, »das darf doch nicht sein.«

»Wir müssen ganz schnell zurückfahren, weg von hier«, sagte mein Vater, »bevor –«

»Das geht nicht«, rief ich. »Der Baum!«

Und meine Mutter fuhr auf: »Meine Eltern! Glaubst du, das war in Schewenborn?«

»Nein. Weiter weg. Wahrscheinlich in Fulda.«

»Dann laß uns schnell nach Schewenborn fahren und die Eltern holen.«

»Wenn wir bis dorthin durchkommen«, sagte er und hielt sein Taschentuch aus dem Fenster. Der Wind wehte aus der Richtung, aus der wir gekommen waren.

»Wenn er nicht dreht, könnten wir Glück haben«, sagte er.

»Beeil dich«, rief die Mutter. »Fahr, so schnell du kannst!«

Ich könnte nicht behaupten, daß ich damals *nur* Angst gehabt hätte, obwohl ich ahnte, daß meine Eltern eine Atombombenexplosion vermuteten. Ich fand die ganze Sache ungeheuer spannend. Ein Abenteuer! Daß Unheil in der Luft lag, spürte ich. Aber keinen Augenblick kam mir in den Sinn, daß es auch uns treffen könnte.

Niemand kam uns entgegen. Es war, als wären wir ganz allein unterwegs. Nur einmal stand ein älteres Ehepaar am Straßenrand und winkte. Sie hatten Kniebundhosen an und trugen Rucksäcke. Die Frau hielt uns stolz einen riesengroßen Steinpilz entgegen.

Sie wollten von uns wissen, was geschehen sei. Sie hatten mitten im dichten Hochwald nichts von dem entsetzlichen Licht gesehen, und den heißen Sturm hatten sie auch kaum gespürt. Nur das Dröhnen und die Sirenen hatten sie beunruhigt. Mein Vater bot ihnen an, sie bis zum nächsten Ort mitzunehmen, wenn sie uns Kinder auf den Schoß nehmen würden. Aber sie wollten lieber zu Fuß weiter.

»Ausgerechnet heute hast du unser Fernglas im Hotel liegengelassen«, sagte die Frau ärgerlich zu ihrem Mann. »Jetzt ist es vielleicht verloren, wo es doch so teuer war.«

»Was soll denn schon passiert sein, Else?« antwortete der Mann. »Gekracht hat's *dort*, und unser Hotel ist *da*. Morgen werden wir's in der Zeitung lesen.«

Kurz vor dem Waldrand war die Straße wieder gesperrt: Ein paar Bäume waren auf die Fahrbahn gestürzt. Aber mein Vater schaffte es, trotzdem durchzukommen. Mit den rechten Rädern fuhr er übers Gras, auf der linken Wagenseite zerschrammten ihm die Birkenzweige den Lack. Ich wunderte mich, daß er sich nicht darüber ärgerte. Er stieg nicht einmal aus, um den Schaden zu betrachten.

Dann lag das Tal von Wietig vor uns. Wir hatten einen offenen Blick auf den Himmel. Einen so unheimlichen Himmel hatten wir noch nie gesehen. Es war dämmrig-düster, die Sonne war nicht zu sehen. Braungrauer Qualm türmte sich in der

Ferne auf. Hoch darüber wälzte sich ein riesiger Kranz aus Staub und Rauch in alle Richtungen auseinander. Und ganz klein darunter, vor uns in der Mulde, lag Wietig, das letzte Dorf vor Schewenborn.

Wir konnten nur ganz langsam durch den Ort fahren. Ohne auf den Verkehr zu achten, rannten die Leute mit Schreckensgesichtern hin und her über die Straße, schleppten Säcke und Bündel, zerrten Kinder hinter sich her, legten Schläuche. Aus einer Fensterreihe quoll Rauch. Überall waren die Scheiben eingedrückt, Dächer halb abgedeckt. Eine Scheune war zusammengestürzt und auf die Straße gekippt. Wir mußten den Trümmerberg umfahren. Am Dorfende sahen wir Flammen aus den Gebäuden eines Sägewerks schlagen. Auf der gegenüberliegenden Seite wurden Verletzte, notdürftig verbunden, zu einem Auto geführt. Ein Mann stoppte unseren Wagen und fragte meinen Vater aufgeregt, ob die Straße nach Lanthen frei sei. Wir berichteten ihm von der umgestürzten Fichte.

»Wahrscheinlich ist das nicht die einzige«, sagte mein Vater.

»O mein Gott«, sagte der Mann, »hier gibt's Tote und Verletzte, und das Telefon funktioniert nicht –«

»Haben Sie eine Ahnung, was da passiert ist?« rief uns eine Frau zu.

Mein Vater schüttelte den Kopf.

»Fahr weiter«, drängte meine Mutter, »wir verlieren nur Zeit!«

Wir hörten noch, wie jemand rief: »Die Straße nach Lanthen ist zu!« und darauf ein vielstimmiges Geschrei, aus dem nur »Schewenborn, Schewenborn!« zu verstehen war, dann waren wir aus Wietig hinaus.

Die Wietiger wußten wohl noch weniger als wir, denn vom Dorf aus konnte man nur einen Teil der Wolken sehen. Auch die Druckwelle war über den Ort hinweggebraust, ohne allzuviel Schaden anzurichten. Denn je höher wir wieder aus dem Tal heraufkamen, um so mehr Straßenbäume sahen wir umgestürzt liegen. Es wurde eine Slalomfahrt. Manchmal mußten wir aufs Feld ausweichen.

»Es ist ein Irrsinn«, sagte mein Vater und trat auf die Bremse, »daß wir noch auf die Katastrophe zufahren.«

»Aber die Eltern«, jammerte meine Mutter. »Wie sollen sie sich denn helfen?«

Da fuhr er weiter. Wir kamen in den Buchenwald auf der Höhe. Der hatte dem Sturm einigermaßen standgehalten. Dann ging es wieder hinunter. Wir beugten uns gespannt vor, denn hinter dem Wald lag Schewenborn. Bei jeder Reise hatten wir uns auf den Augenblick gefreut, wenn wir aus dem Wald kamen und die Stadt vor uns liegen sahen. Jetzt hatten wir Angst.

»Uns kommen ja noch immer keine Autos entgegen«, stellte Judith fest.

Das war richtig gespenstisch. Irgendwo in der Nähe heulte eine Sirene so laut, daß wir sie sogar im Fahren hören konnten.

Als wir fast am Ende des Waldes angekommen waren, lag hinter einer Kurve ein Baum quer über der Straße. Der Vater mußte scharf bremsen, die Mutter schrie auf. Nur knapp vor dem Stamm kam der Wagen zum Stehen. Der Vater fuhr an den Straßenrand, und wir stiegen alle aus. Die Mutter nahm nur ihre Tasche mit, denn sie mußte sich um Kerstin kümmern. Die verstand nicht, warum sie plötzlich aus dem Wagen heraussollte, und brüllte. Der Vater nahm unsere beiden Koffer.

»Laß die Koffer im Wagen«, rief die Mutter. »Wir holen doch nur die Eltern und fahren sofort mit ihnen zurück!«

»Aber die Straße ist doch zu!« antwortete ihr der Vater gereizt. »Und meinst du, wir sähen die Koffer je wieder, wenn wir sie hier im Wagen ließen?« Und schon schleppte er die Koffer fort. Er keuchte. Er war damals ziemlich dick. Die Mutter zerrte Kerstin hinter sich her.

Kaum waren wir über den Baum geklettert, stoppte ein anderer Wagen vor der Straßensperre. Ich drehte mich um und erkannte das Auto mit den Verletzten aus Wietig. Ich hörte ein Stöhnen. Ein Mann sprang aus dem Wagen und rief uns zu: »Bitte helfen Sie uns. Ich habe drei Schwerverletzte im Wagen. Sie müssen sofort in ärztliche Behandlung. Es ist ein Notfall!«

Mein Vater zögerte, aber meine Mutter sagte: »Wir sind selber zu einem Notfall unterwegs, und wir haben drei Kinder bei uns.« Und uns zischte sie zu: »Los, lauft weiter. Wenn wir uns hier einspannen lassen, können wir Oma und Opa vergessen.«

»Aber *ich* könnte doch –«, sagte Judith.

»Das wäre ja noch schöner!« rief die Mutter empört. »Wo sollten wir dich dann suchen, wenn wir wieder abfahren? Wir bleiben auf jeden Fall zusammen!«

Wir alle – außer Kerstin – waren gewohnt, der Mutter zu folgen. Und so liefen wir weiter. Der Mann aus Wietig schimpfte hinter uns her.

2

Ich lief am schnellsten und erreichte als erster den Waldrand. Als ich im Tal die kleine Stadt Schewenborn um ihren Burghügel liegen sah, erschien sie mir im ersten Augenblick wie immer, nur daß ein brauner Dunst über den Dächern lag. Das war Staub. Dann sah ich Rauchschwaden zwischen den Häusern hervorquellen.

Judith kam hinter mir. Sie sagte: »Der Kirchturm ist weg.« Da sah ich's auch: Der Kirchturm fehlte. Nur der dicke alte Burgturm war noch da.

Als die Mutter uns erreichte, warf sie nur einen kurzen Blick auf die Stadt und schrie dem Vater zu, der noch im Wald war: »Schewenborn brennt! Mein Gott, die Eltern!«

Judith und ich wollten weiterlaufen, aber die Mutter rief: »Wir bleiben zusammen. Daß ihr mir ja nicht ins Feuer rennt!«

Der Weg hinunter bis zu den ersten Häusern kam uns entsetzlich weit vor. Wir waren diesen Weg ja sonst immer nur mit dem Auto gefahren. Während wir liefen, veränderte sich die Stadt vor unseren Augen: Es qualmte an immer mehr Stellen,

Flammen schlugen aus den Dächern, wanderten weiter, vermehrten sich, und schließlich verschwand der ganze Stadthügel unter einer dichten, dunklen Rauchwolke. Aber die war nichts gegen das Gewölk, das hinter dem Kaltenberg am Himmel in Richtung Fulda stand.

Wir konnten jetzt auch erkennen, daß viele Häuser keine Dächer mehr hatten. Wir schauten in die Dachböden hinein. Als Judith und ich einmal stehenblieben, um auf Vater und Mutter zu warten, sagte Judith: »Hörst du die Schreie, Roland?«

Ja, ich hörte sie auch. Leute schrien in der Stadt. Es hörte sich schrecklich an. Aber es kam mir alles so unwirklich vor, so, als müßte ich nur aufwachen wollen, um Schewenborn wieder so sehen zu können, wie es immer war: eine malerische, gemütliche kleine Stadt mit vielen Blumen.

Am ersten Haus, an dem wir vorüberkamen, war ein Teil von Dach und Giebelmauer weg. Unter den Trümmern lag ein halbzerdrückter Opel. Ein Hund jaulte, und eine Frauenstimme jammerte: »Bernhard, Bernhard –!« Dann liefen wir wieder an Feldern und Gärten vorüber. Es roch immer stärker nach Brand. Wir konnten jetzt auch schon das Feuer knacken und prasseln hören. Eine alte Frau kam uns auf der Straße entgegen. Sie trug einen Dackel auf ihren Armen. Sie hatte vergessen, ihre Bluse zuzuknöpfen.

»Das ist der Weltuntergang! Das ist der Weltuntergang!« schrie sie immerzu.

»Frau Pakulat«, rief meine Mutter, als die Frau uns erreicht hatte, »wissen Sie etwas über meine Eltern, die Felberts am Südtor?«

Aber die Frau sah und hörte nichts. Mit irren Augen rannte sie weiter.

Ich drehte mich zu meinen Eltern um und zeigte hinüber auf die Schule. Die sah nur noch aus wie ein Gerippe. Alle die großen Fenster waren ohne Scheiben.

Dann kamen wir in die Innenstadt. Da sahen wir erst richtig, was geschehen war. Einige Fachwerkhäuser in der Webergasse waren zusammengestürzt. Aus der Bäckerei Zechmeister quoll dicker Qualm. Überall lagen Blumenkästen, Dachziegel und ganze Fassaden auf der Fahrbahn. Die Tankstelle Stotz brannte lichterloh. Ein Mann suchte verzweifelt, mit seinem Auto aus der Gasse herauszukommen. Er hupte wie wild. Der Wagen schaukelte über den Schutt und blieb zwischen Balken hängen. Niemand kümmerte sich um ihn. Die Leute waren wie verrückt, sie versuchten zu retten, was ihnen gehörte. Viele schleppten Verletzte. Ich erkannte den Herrn Winterberg, der trug die Annemarie. Ihr Kopf war blutig, ihre Arme hingen schlaff herab. Mit der Annemarie hatten wir in den Ferien oft gespielt. Als wir unterhalb der Jugendherberge vorbeikamen, hörten wir darin die Kinder schreien. Und vor der Uhrmacherei Bendix lag eine Frau unter den Schaufensterscherben in einer Blutlache und rührte sich nicht. Judith lief ins Färbergäßchen hinein, weil sie nicht daran vorbeiwollte. Aber der Vater rief sie zurück. Da griff sie nach meiner Hand, kniff die Augen zu und ließ sich von mir führen, obwohl sie älter war als ich.

Wir wollten quer über den Marktplatz zum Südtor hinunterlaufen, aber wir kamen nicht durch. Rings um den Marktplatz brannte es lichterloh. Die Hitze zwang uns umzukehren. Wir versuchten, durch die Lanthener Straße vorwärtszukommen. Aber dort brannte das Eckhaus mit der Apotheke, und der Wind wehte die Funken auf die gegenüberliegende Straßenseite, wo es auch schon aus dem Dach qualmte. Da machten wir einen Umweg über die Fuldaer Straße. Dort brannten zwei Dächer, aber man kam noch daran vorbei. Vor der Tür eines der brennenden Häuser schrie eine Frau nach der Feuerwehr. Aber keiner, der vorüberhastete, kümmerte sich um ihr Geschrei. Ein Mann überholte uns, dem lief Blut übers Gesicht. Sein Haar war blutverklebt. Er trug ein kleines Kind, das auch ganz blutig war. Er lief ins Hospital, das an der Fuldaer Straße lag. Als wir dort vorüberkamen, drängten sich auf dem Innenhof und unter dem großen Torbogen viele Verletzte und Leute, die Verletzte führten oder trugen.

Dann erreichten wir endlich das alte Fachwerkhaus unserer Großeltern. Wir atmeten auf: Es stand noch. Vor der Haustür lag ein Schuttberg aus Mörtelbrocken und Dachziegeln, und die Fensterscheiben waren auch alle kaputt. Aber das fanden wir inzwischen gar nicht mehr schlimm. Die Mutter beugte sich in ein offenes Fenster und rief: »Vati! Mutti!« Als sich nichts rührte, rannte sie um das Haus und schrie in die Küchenfenster hinein. Ich lief hinterher. Niemand antwortete. Aber im ersten Stock hörten wir Frau Kramer jammernd ihre Scherben zusammenfegen. Sie wohnte bei meinen Großeltern zur Miete. Da rief meine Mutter hinauf, ob sie wüßte, wo ihre Eltern seien.

Frau Kramer beugte sich aus dem Fenster und schrie: »Ach Gott, Frau Bennewitz, die sind heute morgen nach Fulda gefahren! Sie haben Sie erst für den Nachmittag erwartet. Sie wollten noch schnell ein Zelt für die Kinder kaufen. Bei Karstadt gibt's – gab's Zelte im Sonderangebot. Wenn ihnen nur nichts zugestoßen ist in diesem –!« Sie fand keinen Namen für das, was geschehen war.

Die Mutter rannte wieder nach vorn zum Vater, dem Kerstin plärrend am Hosenbein hing. Er hatte auch eben von der Nachbarin, der alten Frau Malek, erfahren, daß unsere Großeltern in Fulda waren.

»Sie wollten um elf wieder da sein«, sagte sie und schaute auf ihre Uhr. Aber die war stehengeblieben. Verstört starrte sie die Uhr an.

»Es muß schon elf sein«, sagte sie. »Sie müssen jeden Augenblick zurück sein.«

Meine Mutter sah meinen Vater an.

»Wenn sie nun wirklich in Fulda gefallen ist –«, murmelte sie.

»Ja«, antwortete er.

»Ich muß hin«, sagte sie.

»Bist du wahnsinnig?« schnauzte er sie an. »Wenn es wirklich eine war, dann ist doch dort nichts mehr – nur alles verseucht!«

»Ich bin ihr einziges Kind, Klaus«, rief sie. »Ich kann sie doch nicht einfach so aufgeben! Ich komm schon zurück.«

Schon lief sie in Richtung Schloßpark fort. Kerstin brüllte.

»Bis Fulda sind's mehr als zwanzig Kilometer!« rief ihr der Vater nach. »Wie willst du das zu Fuß schaffen?«

»Ich halte was aus, das weißt du doch«, rief sie zurück. »Eher als du! Bleib bei den Kindern.«

Und weg war sie. Der Vater rannte ein paar Schritte hinter ihr her, dann kehrte er um. Die Mutter war viel sportlicher als er. Beim Wandern hatte sie ihn auch meistens überrundet. Er hatte keine Chance, sie einzuholen.

»Soll *ich* ihr nachrennen?« fragte ich.

Aber das erlaubte er nicht. Er ließ uns durch das Küchenfenster ins Haus klettern und reichte uns Kerstin zu. Die heulte immer noch und wollte sich nicht trösten lassen.

»Sie kommt ja bald wieder«, sagte ich.

Judith warf mir einen schrägen Blick zu, der heißen sollte: Lüg doch nicht so! Ich zuckte mit den Schultern.

In der Wohnung der Großeltern sah es aus wie immer – außer daß überall unter den Fensterbänken Scherben lagen und der Wind durch die Räume strich und die Gardinen bewegte. Auch ein paar Bilder waren von den Wänden gefallen, und eine Kaffeekanne war vom Küchenschrank gekippt.

»Seht zu, daß ihr was zu essen findet«, sagte der Vater zu Judith und mir, als ihn die Maleks um Hilfe baten. Ihnen hatten die Dachziegel den Kaninchenstall zertrümmert. Neun Kaninchen hoppelten über die Schutthaufen.

Judith hatte keinen Appetit, aber Kerstin und ich aßen. Im Schrank fanden wir ein Glas mit Holundergelee. Das war unser Lieblingsgelee. Zu Hause in Bonames gab es das nie. Wir aßen fast das ganze Glas leer, ohne Brot. Wir waren ziemlich sicher, daß an einem Ausnahmetag wie diesem niemand wegen eines bißchen Gelees mit uns schimpfen würde. Natürlich aßen wir auch Brot. Das belegten wir mit dicken Wurstscheiben, vom Selbstgeschlachteten. Kerstin lachte wieder. Beiläufig fragte sie zwischendurch mal nach der Mutter.

Eine Viertelstunde später kam der Vater gelaufen und trieb uns Hals über Kopf wieder aus dem Haus. In der Straße war Feuer ausgebrochen. Der Wind wehte in unsere Richtung. Wir flüchteten in den Schloßpark. Judith schleppte den einen Koffer, ich den anderen. Kerstin trug Mutters Tasche. Die Mutter hatte sie auf dem Fensterbrett vom Küchenfenster vergessen.

Ich ließ Judith und Kerstin bei den Koffern im Schloßpark und rannte zurück, um dem Vater zu helfen. Der hatte angefangen, die Wohnung der Großeltern auszuräumen. Auch Frau Kramer warf ihren Hausrat aus dem Fenster. Schon stapelten sich Großvaters und Großmutters und Frau Kramers Matratzen, Stühle, Federbetten, Kleider samt Kleiderbügeln hinter Großvaters Werkstatt auf Frau Kramers Blumenbeeten. Wir schleppten und schleppten. Wir schufteten wie die Irren. Über uns wälzte sich der Rauch der brennenden Häuser, stoben Funken durch die Luft. Von überall her tönte Geschrei. Oben jammerte Frau Kramer, schräg gegenüber klagte Frau Malek.

Es blieb gar keine Zeit, an irgend etwas zu denken. Das Feuer rückte näher. Drei Häuser brannten schon in unserer Gasse. Auch die Nachbarn räumten ihre Häuser aus. Oberhalb vom Südtor, auf dem Hang zum Marktplatz hinauf, standen ganze Häuserreihen in Flammen, und auch aus den Neubauvierteln drüben am Eichholz stieg Rauch auf. Ab und zu dröhnte es: Heizöltanks explodierten. Dichter Qualm lag über der ganzen Stadt, der langsam nach Osten abzog. Man konnte kaum atmen.

Wir hatten Glück im Unglück: Nur der Dachstuhl wurde an einer Seite durch den Funkenflug angesengt. Da drehte sich plötzlich der Wind, wehte vom Norden her und trug die Funken zurück in die Trümmer der bereits ausgebrannten Häuser. Der Vater kletterte auf den Dachboden und erstickte das Feuer, wo es noch in den Balken schwelte. Dabei stellte er fest, daß sich große Risse durch die Mauern zogen. Frau Kramers Wohnung war nicht mehr bewohnbar. Die Decke konnte jeden Augenblick einstürzen.

Das Feuer griff südlich von unserer Straße weiter um sich, obwohl der Wind gegen Abend ganz einschlief. Noch bis zum nächsten Morgen sollte es dauern, bis der letzte Brand in Schewenborn erloschen war.

Am späten Nachmittag begannen wir, die Wohnung der Großeltern wieder einzuräumen. Jetzt half auch Judith mit, während Kerstin in Großvaters Werkstatt bleiben mußte, wo sie vor Wut und Langeweile brüllte. Das Einräumen ging sehr langsam, und bei manchen Möbeln konnten wir uns nicht mehr erinnern, wo sie gestanden hatten. Auch die gerahmten Fotos und die Wandvasen und die Topfblumen gerieten in Unordnung. Als wir endlich alles wieder drin hatten – die schweren Möbel hatten wir sowieso im Haus stehen lassen müssen –, kamen uns die Räume fremd vor. Es war ja auch alles verrußt und roch nach Rauch. Durch die scheibenlosen Fenster drang Brandgeruch, und die Vorhänge bewegten sich in der Zugluft. Der Vater ließ Judith ein Abendessen richten, dann schickte er uns zu Bett. Ich schlief in Großvaters Bett, Judith in Großmutters, und Kerstin schlief zwischen uns. So zu dritt fühlten wir uns sicherer in all dieser Unsicherheit und dem nächtlichen Haus, in dem es kein elektrisches Licht mehr gab. Der Vater aber aß so gut wie nichts und ging auch nicht schlafen. Er wartete in der dunklen Küche auf die Mutter.

Sie kam erst spät in der Nacht. Ich schlief schon, Kerstin auch. Aber Judith hatte sie kommen hören. Sie weckte mich, und wir stürzten beide voller Freude in die Küche.

Aber wir prallten zurück: Da hing ein schwarzgesichtiges, schmutziges Wesen an Vaters Hals und weinte laut, und nur an der Stimme erkannten wir unsere Mutter. Sie sah aus, als hätte sie sich in Asche gewälzt. Als sie uns kommen hörte, warf sie den Kopf herum und schrie: »Geht raus! Geht sofort ins Bett. Geht weg – hört ihr?«

Wir waren wie vor den Kopf geschlagen und schlichen verstört zurück ins Schlafzimmer. Es war eine helle Nacht. Ich konnte Judiths Gesicht erkennen.

»Was hat sie?« flüsterte ich, nachdem wir die Tür geschlossen hatten.

Judith hob die Schultern und legte ihr Ohr an die Tür, um zu lauschen. Das tat ich auch. Wir hörten lange nichts als Mutters Schluchzen. Der Vater blieb stumm. Er wartete, wie uns schien, bis sie von selbst zu erzählen anfing.

»Fulda ist weg«, sagte sie plötzlich.

Der Vater schwieg immer noch.

»Ob du's glaubst oder nicht«, hörten wir die Mutter erregt sagen, »es ist alles weg – auch Horas und Sickels und alle die anderen Vororte –, einfach wie weggefegt! Ich bin auf einen Hügel gestiegen, von wo aus man Fulda liegen sehen kann. Da war nichts zu sehen als eine schwarze, wellige Fläche. Kein Baum, kein Haus, nur hier und dort ein abgebrochener Betonsockel. Erst in Gläserzell soll es Überlebende gegeben haben. Ich bin Kämmerzellern begegnet. Sie waren grauenhaft zugerichtet: verbrannt, verstümmelt, blind. Sie kommen das Fuldatal herab. Sie suchen nach Ärzten und Verbandplätzen, nach Lebensmitteln und Unterkünften. Sie schleppen sich am Fuldaufer entlang, denn die Dörfer im Fuldagrund und die Wälder brennen, und die Straßen sind versperrt von umgestürzten Bäumen und Lichtmasten und Trümmern. Ich bin auch an der Fulda entlanggewandert. Dort versammeln sich die Halbverbrannten. Ich bin vielen begegnet, die vor Durst halb wahnsinnig waren. Sie haben aus dem Fluß getrunken, der voll Asche und Leichen und sicher radioaktiv verseucht ist. Die das Ufer nicht mehr erreichen können, werfen sich auf die Erde und saugen das Wasser aus den feuchten Wiesen. Viele von ihnen sind nackt. Es hat ihnen die Kleider vom Leib gesengt. Die Fulda-Auen liegen voll von Leichen: im Ufergestrüpp, im Schilf, zwischen den toten Kühen auf den Koppeln. Gehäutete Leichen, verbrannte Leichen –«

Sie fing wieder an zu weinen. Wir hörten Vaters Stimme. Aber er sprach so leise, daß wir ihn nicht verstehen konnten.

»Und Kinderleichen«, rief sie, »so viele Kinderleichen!«

Wieder sprach der Vater. Er sprach sehr ruhig.

»Und trotzdem gibt's noch so viele Überlebende«, schluchzte die Mutter. »Sie kommen nur langsam voran, so am Ende, wie sie sind. Ich habe sie alle überholt. Aber morgen werden sie hier sein. Morgen wirst du sie auch sehen können, die Gehäuteten und Haarlosen, sie werden ganz Schewenborn füllen. Laß unsere Kinder in den nächsten Tagen nicht vor die Tür. Von dem, was sie dann sehen müßten, bekämen sie einen Schock fürs Leben!«

Es wurde sehr still. Aber nach einer Weile sagte die Mutter deutlich: »Sie werden nicht wiederkommen, Klaus.«

Ich hielt den Atem an.

»*Wer* wird nicht wiederkommen?« flüsterte ich in der Dunkelheit zu Judith hinüber.

»Die Großeltern«, flüsterte sie zurück.

»Wir können zurückfahren«, hörten wir die Mutter sagen. »Gleich morgen.«

»Zurückfahren?« fragte der Vater. »Hast du die Bäume auf der Straße vergessen? Wir sitzen hier fest, Inge. Wir müssen erst warten, bis die Straßen wieder offen sind. Oder willst du zu Fuß nach Bonames wandern?«

»Aber wenn hier alles verseucht ist?« fuhr die Mutter auf.

»Dann ist es sowieso zu spät für uns«, sagte der Vater. »Du bist ja auch noch mitten hineingerannt –«

»Du meinst«, stöhnte die Mutter, »es gibt nichts mehr zu hoffen?«

»Laß uns hoffen, daß wir Glück gehabt haben«, sagte der Vater. »Der Wind kam nicht von Fulda her. Laß uns an eine winzige Chance glauben, Inge.«

»Ja, ja«, rief die Mutter. »Wozu hätten wir sonst überlebt?«

Dann wurde es in der Küche endgültig still. Die Tür zur guten Stube knarrte. Ich glaube, unsere Eltern schliefen in dieser Nacht auf dem Flauschteppich. Jedenfalls war er am nächsten Morgen voller Asche.

Wir tasteten uns in die Betten und lagen noch lange wach, Judith und ich.

»Aber die Menschen«, flüsterte ich. »Wo sind denn alle Menschen hin, die in Fulda gelebt haben? Fulda hat – hatte sechzig- oder siebzigtausend Einwohner. Die können doch nicht einfach weg sein?«

»Warum nicht?« antwortete Judith. »Man hat nur Mühe, sich das vorzustellen.«

»Und wenn hier alles verseucht ist?« fragte ich.

»Es klang so«, sagte Judith langsam, »als ob wir dann auch sterben müßten – bald.«

»Kannst du dir *das* vorstellen?«

»Nein«, sagte Judith. »Noch nicht.«

Ich lauschte noch eine Weile den klagenden Stimmen, die aus der Stadt hereindrangen, und dachte an meine Großeltern. Ich versuchte, sie mir wie die Überlebenden in den Fulda-Auen vorzustellen. Aber das konnte ich nicht. Dann dachte ich sie mir tot. Auch dabei setzten meine Gedanken aus. Ich fühlte mich wie hohl, wie leer, wie ausgetrocknet. Meine Augen brannten. Ich versuchte zu schlucken. Die Kehle war mir ausgedörrt.

»Schläfst du, Judith?« flüsterte ich.

»Nein«, antwortete sie, »wie könnte ich?«

Nur Kerstin schnarchte friedlich. Und in der Küche tickte Großmutters alte Wanduhr wie eh und je.

»Glaubst du, sie sind tot?« fragte ich.

Aber Judith antwortete nicht mehr.

Am nächsten Morgen fiel ein schwarzer Regen. Er schwärzte alles, was nicht schon verrußt war. Die Mutter schlief bis zum Mittag. Der Vater ermahnte uns, leise zu sein. Einmal hörten wir sie stöhnen. Der Vater rannte zu ihr ins Zimmer. Sie schlug um sich und schrie wie in Todesangst. Der Vater brauchte lange, bis er sie beruhigt hatte.

Judith hielt sich die Ohren zu. Ich aber lief zur Mutter hinein und rief: »Und die Großeltern?«

Da packte mich der Vater und zog mich aus dem Zimmer.

Ich suchte Judiths Blick, aber sie schaute an mir vorbei. An diesem Tag und auch an den folgenden Tagen ging sie mir aus dem Weg. Sie ging allen aus dem Weg. Sie war »ganz aus dem Gleis«, wie die Großmutter immer gesagt hatte. Ihr grauste vor der Dämmerung, die auch um die Mittagszeit nicht weichen wollte, vor den Rauchschwaden der Waldbrände, vor dem Brandgeruch, der über der Stadt lag, vor den klammen Federbetten und dem Gejammer von Frau Kramer, die ihren Hausrat zu den Mackenhäusers, einer Nachbarsfamilie, hinüberräumte. Daß kein Wasser mehr aus der Leitung floß und der elektrische Strom ausblieb, versetzte sie in eine Wut, die ich bis jetzt an ihr nicht gekannt hatte. Schließlich wollte sie in Großvaters Garten gehen. Dort, hoffte sie wohl, sei die Welt noch in Ordnung. Aber der Garten lag auf dem Fleyenhang. Um dort hinzukommen, hätte sie die ganze Stadt durchqueren müssen. Das erlaubte die Mutter nicht. Da wühlte sich Judith heulend in Großmutters verrußtes Federbett, sprach den ganzen Tag nicht mehr und aß auch nichts. Nur Kerstin durfte zu ihr kommen und sie streicheln.

Und die Großeltern? Niemand erwähnte sie mehr, keiner von uns fragte nach ihnen. Nur ab und zu schauten Nachbarn oder alte Bekannte von ihnen zum Fenster herein und seufzten bekümmert: »Ich wollte nur mal sehen, ob sie vielleicht nicht doch –? Es hätte ja sein können.« Und: »Ja, ja, sie haben's hinter sich. Sie haben's überstanden. Man sollte sie beneiden. Unser herzlichstes Beileid.«

Erst ein paar Tage später hörte ich einmal die Mutter zum Vater sagen: »Hoffentlich sind sie gleich im selben Augenblick verglüht.«

Dazu fiel mir nichts anderes ein als der Draht in einer Glühbirne, der aufglüht und wieder erlischt. Wie aber konnten *Menschen* verglühen? Ich grübelte darüber nach, ich träumte davon. Für mich lebten die Großeltern in irgendeinem Versteck. Eines Tages würde die Tür aufgehen, und sie würden wieder da sein, und dann wäre das Dach wieder ganz und Frau Kramer wieder in der oberen Wohnung, und all der Spuk wäre weggewischt, als wäre die Bombe nie gefallen.

3

Schon am Morgen nach dem Bombentag sah ich die ersten Überlebenden aus der Fuldaer Gegend an unseren Fenstern vorüberwanken: aschige, blutige Gestalten, von denen die Fetzen herabhingen. War es Stoff? War es Haut? Ich wagte nicht, genauer hinzuschauen. Zuerst wollte ich Judith rufen, aber dann tat ich es doch nicht. Ihr wurde immer schlecht, wenn sie Blut sah. Ich spürte, daß auch mir übel wurde. Als einer der Vorüberziehenden ganz nah vor dem Fenster »Wasser–!« stöhnte, flüchtete ich in die Küche, die nach hinten lag. Später zog dann die Mutter die Vorhänge nach der Straße hin zu.

In den ersten Tagen nach der Katastrophe lebten wir, noch halb betäubt, in der Wohnung der Großeltern so recht und schlecht dahin.

»Nur Geduld«, tröstete uns mein Vater, »das Schlimmste haben wir hinter uns. Die Rettungsorganisationen werden ja bald eintreffen. Sie müssen nur erst die Straßen freiräumen, um rankommen zu können. Bis dahin müssen wir durch einen Engpaß. Aber bald wird sich alles normalisieren.«

Damit meinte er wohl die Verbindung mit der Außenwelt,

die Lebensmittelversorgung, die Unterbringung der Obdachlosen, die Betreuung der Verletzten und all das, was damit zusammenhing. Er ahnte nicht, daß wir gerade noch in den letzten halbwegs normalen Tagen lebten. Die sollten bald vorüber sein.

Aber vielleicht *tat* er auch nur so, als ob er nichts ahnte. Denn am dritten Tag ging er zu unserem Wagen hinauf, der immer noch dort stand, wo wir ihn abgestellt hatten, und holte den Rest unseres Gepäcks. Den Wagen sperrte er nicht einmal mehr ab. Aber das merkten wir erst viel später.

Nun hatten wir genug Kleidung für drei oder vier Wochen. Wir brauchten vorläufig auch noch nicht zu hungern, denn die Großmutter hatte uns Kühlschrank und Keller gut gefüllt hinterlassen. Nur, daß der Kühlschrank nicht mehr kühlte. Wir mußten so schnell wie möglich verbrauchen, was faulen oder schimmeln konnte.

Aber schon vom zweiten Tag an hatten wir keine Milch mehr, vom dritten an kein Brot. Ich bot mich an, in der Stadt nach Milch oder Brot herumzufragen, aber die Mutter ließ mich nicht hinaus. Ich durfte nur hinters Haus. Von dort sah man nichts als Gärten. Wo ich mir doch so gern die Verwüstungen angeschaut hätte! Vor allem, wo war der Kirchturm geblieben? Und wo kam dieses Dämmerlicht her, in der die Sonne als dunkelrote Scheibe stand?

Der Vater ging selber in die Stadt, um irgendwo Milch und Brot aufzutreiben. Aber es gab nirgends etwas zu kaufen. Wer keine Vorräte besaß, war schlecht dran. So viele Leute hatten ihre Wohnungen, ihre Häuser verloren! Frau Kramer, die oft zu uns herüberkam, zählte immer neue Namen auf. Die Obdachlosen von Schewenborn hatten wohl fast alle ein Unterkommen bei Verwandten oder Bekannten gefunden, aber die Überlebenden aus der Fuldaer Umgebung schleppten sich hungrig durch die Straßen. Den schmutzigen Gestalten in den zerfetzten und angesengten Kleidern wollte niemand gern etwas von dem abgeben, was man selber so dringend brauchte. Die Fragen wurden immer lauter: »Wo bleibt die Rettung? Wo bleibt das Rote Kreuz? Warum setzen sie nicht die Bundeswehr ein, um uns zu helfen? Warum läßt sich kein einziger Hubschrauber sehen? Dieses Katastrophengebiet liegt doch nicht irgendwo abseits, sondern mitten in Europa!«

Es war ein beklemmendes Leben, von dem man nicht wußte, wie es weitergehen würde. Jeden Tag entstanden neue Gerüchte. Dabei wußte niemand etwas Genaues, denn es gab keine Zeitungen mehr, kein Fernsehen, kein Radio, kein Telefon. Auch mit batteriebetriebenen Geräten konnte man nichts mehr empfangen, denn es gab kein Programm mehr. Kein Programm? Das war rätselhaft.

»Es muß an atmosphärischen Störungen liegen, daß wir hier nichts mehr empfangen können«, sagte Frau Kramer.

»Ob jetzt Krieg herrscht?« fragte Frau Mackenhäuser, bei der Frau Kramer untergekommen war.

»Es kann ja auch durch ein Versehen passiert sein«, sagte Frau Kramer.

Und jeden Tag fanden sich mehr Flüchtlinge, mehr Obdachlose aus der Umgebung von Fulda in Schewenborn ein. Es hatte sich wohl herumgesprochen, daß man sich in unserem Hospital um Verletzte kümmerte.

»Es hätte längst geschlossen werden müssen«, sagte der Vater, als er einmal aus der Stadt zurückkam. »Es ist schon viel zu voll. Da herrschen unhaltbare Zustände.«

Am nächsten Tag ging ein wildes Gerücht um: Überlebende aus dem Norden seien in der Stadt und hätten berichtet, auch Kassel sei weg.

»Jetzt wird mir manches klar«, sagte der Vater. »Es sieht so aus, als brauchten wir auf Rettung nicht mehr zu hoffen.«

»Aber wir müssen doch heim nach Bonames!« rief die Mutter erschrocken.

Manchmal saß sie jetzt stundenlang da, brütete vor sich

hin und merkte kaum, wenn Kerstin auf ihren Schoß kletterte und mit ihr schmusen wollte. Und Judith lag die meiste Zeit im Bett, bis über den Kopf zugedeckt, und stand nur auf, wenn der Vater sie anbrüllte. Früher hatte er fast nie mit ihr geschimpft.

Am dritten Tag nach der Katastrophe stürzten unser Dachstuhl und ein Teil von Frau Kramers Wohnung zusammen. Aus der Fassade fielen mächtige Brocken von Mörtel und Verputz auf den Bürgersteig.

Die ganze Arbeit hing jetzt am Vater. Dringende Arbeit! Er versuchte, die scheibenlosen Fenster wieder irgendwie zu schließen, denn es wehte und regnete in die Räume. Er schnitt durchsichtige Plastikfolien zurecht, die er in Großvaters Werkstatt gefunden hatte, und nagelte sie in die Rahmen. Ich half ihm dabei. Als wir nach einem Schauer merkten, daß es durch die Decke des Schlafzimmers regnete, machten wir sie zusammen dicht, so gut es ging. Wir hatten Glück, daß der Großvater eine so gut ausgerüstete Werkstatt besessen hatte. Aber bald mußten wir sie jeden Abend verschließen, denn jemand hatte uns eine volle Packung Nägel daraus gestohlen – Nägel! Sie waren unersetzbar.

Jeden Tag schleppte der Vater ein paar Eimer Wasser von der Schewe herauf. Die war nicht trübe von Asche wie die Fulda. Sie kommt ja aus dem Vogelsberg herunter und mündet erst ein paar Kilometer hinter Schewenborn in die Fulda. Sie hatte den verbrannten Fuldaer Raum nicht einmal gestreift. Anfangs wehrte sich die Mutter gegen dieses Flußwasser. Sie fürchtete, es könne verseucht sein. Sie schickte den Vater auf die Suche nach einer Quelle oder einem Brunnen. Er fragte Einheimische aus. Rings in den Wäldern gab es mehrere Quellen. Aber um sie zu erreichen, mußte man weit wandern. Und Brunnen? Die gab es in Schewenborn längst nicht mehr – außer dem Brunnen im Burghof. Der war trocken.

»Wenn diese Gegend radioaktiv verseucht ist«, sagte der Vater, »dann ist es nicht nur das Wasser. Wir dürften weder diese Luft atmen noch diese Erde berühren. Aber wir haben es schon getan. Um ganz sicher vor der Verseuchung zu sein, hätten wir nicht hier sein dürfen. Entweder ist hier *nichts* passiert, dann können wir alles berühren, essen und trinken. Oder es ist hier längst *alles* verseucht, dann können wir auch in aller Ruhe berühren, essen und trinken, was uns umgibt. Denn dann ist es für eine Rettung längst zu spät.«

»*Mußt* du denn so pessimistisch daherreden?« fragte die Mutter gereizt und kochte das Wasser für die Küche trotzdem ab.

»Mit dem Abkochen«, sagte der Vater, »schützt du uns höchstens gegen Typhus, auf den Schewenborn sicher nicht mehr lange zu warten braucht. Der ist fällig.«

»Hör auf, hör auf«, rief die Mutter. »Du machst einen richtig mutlos. Hast du nicht selber gesagt, daß wir noch eine Chance haben zu überleben?«

Im Schuppen neben der Werkstatt stand noch ein alter Kohleherd. Meine Großmutter hatte sich nie entschließen können, ihn zum Sperrmüll zu tun oder zu verkaufen. Den schleppten wir jetzt in die Küche und wechselten ihn gegen den Elektroherd aus. Die Mutter lernte wieder, mit Feuer umzugehen. Wir zersägten die verkohlten Balken des Dachstuhls und brachten sie ihr als Brennholz in die Küche.

Mit dem Wasser mußten wir sehr sparsam umgehen. An ein Wannenbad war nicht mehr zu denken. Abends kippte der Vater einen halben Eimer über mich, die andere Hälfte kippte ich über ihn. Die Mutter und Judith wuschen sich aus der Schüssel. Danach setzten sie Kerstin hinein, und hinterher putzte die Mutter mit demselben Wasser noch die Fliesen in der Küche. Früher hätten wir über so eine Katzenwäsche die Nase gerümpft.

Allmählich wich das Dämmerlicht. Die Sonne schien wieder. Es folgten heiße, wunderbare Badetage! Mit Sehnsucht dachten wir an den vergangenen Sommer zurück. Fast jeden Tag waren wir im Schwimmbad gewesen. Jetzt war es geschlossen. Ich bat darum, in der Schewe baden zu dürfen.

»Willst du etwa im Trink- und Kochwasser der Schewenborner herumschwimmen?« fragte der Vater daraufhin.

»Und überhaupt«, fügte die Mutter hinzu, »brächtest du es denn fertig, dich im Wasser zu amüsieren neben soviel Elend?«

Damit hatte sie recht.

Auch die Wasserspülung funktionierte nicht mehr. Die Mutter stellte einen Eimer in die Garage, die jetzt niemand mehr brauchte. Den Eimer leerten wir über dem Komposthaufen hinter der Werkstatt. Dort häuften sich die Abfälle. Der Müll wurde ja nicht mehr abgeholt. Unser Haufen fing bald an zu stinken, und Frau Kramer regte sich darüber auf. Aber wie sollten wir uns anders helfen?

Wenn mich der Vater nicht gerade brauchte, saß ich heimlich am Fenster hinter dem Vorhang und spähte hinaus. Ich sah die Scharen der Obdachlosen vorüberziehen und um Wasser und Essen betteln: halbnackte, elende, verzweifelte Menschen. Ich flüchtete nicht mehr in die Küche.

Einmal überraschte mich die Mutter dabei. Ich erwartete ein Donnerwetter, aber sie schimpfte nicht. Sie strich mir über den Kopf und begann zu weinen. Da weinte ich auch. Sie legte ihren Arm um meine Schulter und führte mich weg vom Fenster.

»Laß dich nicht sehen«, sagte sie, »sonst lockst du sie an. Die paar Vorräte, die wir noch haben, müssen wir für uns selber aufheben.«

Als sie das gesagt hatte, konnte ich plötzlich aufhören zu heulen.

»Und wenn *ich* da draußen vorüberginge?« fragte ich. »Oder Kerstin?«

»Ich bin fies, ich weiß«, sagte sie. »Aber soll ich etwa andere retten – auf *eure* Kosten?«

Nach vier Tagen hielt ich es nicht mehr aus, im Haus zu bleiben. Ich wollte alles, was der Vater uns geschildert hatte, mit eigenen Augen sehen! Ich bat, ich bettelte. Die Mutter wollte es nicht erlauben, aber der Vater sagte schließlich zu ihr: »Laß ihn nur. Er ist stark. Er hat's bis jetzt von den dreien am besten verkraftet. Sie müssen sich ja langsam dran gewöhnen. Und ich kann auf die Dauer sowieso nicht alles allein machen. Er ist zwölf Jahre alt, fast dreizehn. Er kann mir und dir schon eine Menge Arbeit abnehmen. Zum Beispiel das Wasserschleppen.«

Er drückte mir einen Eimer in die Hand und schickte mich zur Schewe. Ich lief durch den Schloßpark und schwenkte den Eimer. Einmal drehte ich mich um und schaute zur Stadt zurück. Aber das war nicht das Schewenborn, das ich kannte. Das war ein Ort voller Ruinen und ohne Kirchturm, und daran änderte auch nichts, daß es ein Sommertag voll Sonne und blauem Himmel war.

»Willst du etwa klauen?« fragte eine Frau in dem Schrebergarten, der an den Schloßpark grenzte. »Verschwinde, oder du kriegst Prügel!«

Sie drohte mir mit einem Spaten. Ich kannte sie nicht. Ich schaute mich um, ob sie jemand anderen meinte. Aber ich war allein. Schließlich begriff ich, daß sie mich für einen Obdachlosen hielt. Daraus schloß ich, daß die Flüchtlinge die Gärten plünderten, um nicht zu verhungern.

Ich schöpfte den Eimer voll Schewe-Wasser und trug ihn heim. Aber ich verdrückte mich schnell wieder. Nur nicht wieder im Haus bleiben müssen!

Es gab viel zu sehen. Die Maleks wühlten in den Trümmern ihres Hauses. Es war am Katastrophentag abgebrannt, kurz bevor sich der Wind gedreht hatte. Jetzt sammelte die alte Frau Malek Brauchbares aus dem Schutt in einen Sack. Dabei sprach sie mit sich selber. Tränen liefen ihr über die Wangen.

Der alte Malek war mit dem Großvater zusammen in die Schule gegangen. Er schaute auf und fragte: »Sind sie noch immer nicht heimgekommen, Roland?«

Ich schüttelte den Kopf.

»Sie haben mich noch gefragt«, murmelte er, »ob wir mitwollten nach Fulda. Aber wir hatten keine Zeit. Hätten wir's doch getan!«

»Sei nicht undankbar«, sagte Frau Malek, die so elend und schmutzig aussah, daß ich sie zuerst gar nicht erkannt hatte. »Schließlich haben wir Glück gehabt. Wir sind bei Meißners untergekommen und haben auch noch den Garten. Wir brauchen nicht zu verhungern – wenigstens noch nicht gleich.«

»Es wird sich lange hinziehen«, seufzte er. »Deshalb.«

Vor dem Lebensmittelgeschäft an der Ecke drängte sich eine Menschenmenge. Ich schaute durch die offenen Schaufenster. Frau Kernmeyer saß an der Kasse. Vor der Kasse wartete eine lange Schlange schwerbepackter Käufer. Herr Kernmeyer stand am Eingang und ließ immer nur zehn Leute auf einmal herein.

»Wir verkaufen schnell noch alles, bevor uns die Fremden ausplündern«, sagte er. »Ja, jetzt hat sich's ausgepraßt. Jetzt geht's wieder ums nackte Leben wie Fünfundvierzig!«

»Warum bleiben wir eigentlich so brav in der Reihe?« fragte eine junge Frau mit verbundener Schulter. »Die Spielregeln von vorher gelten doch nun nicht mehr.«

Einige Leute nickten. Aber alle, auch die junge Frau, blieben unschlüssig stehen und rückten langsam weiter auf Herrn Kernmeyer zu.

Als ich in die Fuldaer Straße kam, fielen mir die vielen Autos auf, die auf beiden Seiten der Straße herumstanden. Manche waren unter Trümmern verschüttet, manche ausgebrannt, andere noch fahrbereit, nur bedeckt von einer dicken Staubschicht. Aber kein Wagen fuhr. Die Straße hatte sich in eine Fußgängerzone verwandelt. Die meisten Leute schwenkten Eimer und Kanister. Sie waren unterwegs nach Wasser.

Dann traf ich den Michi Schubert. Den kannte ich gut. Ich hatte oft mit ihm gespielt. Er war fast genauso alt wie ich.

»Da habt ihr aber Glück gehabt«, sagte er. »Frankfurt soll doch auch weg sein.«

Ich starrte ihn entsetzt an. Ich mußte an Noppi, unseren Pudel, denken. Dann dachte ich an Frau Kellermann und an Frank und Sandra Kellermann. Frank war so alt wie Judith und Sandra ein Jahr älter.

»Tschüs«, sagte Michi, »ich hab's eilig, ich muß in die Schule.«

»Wieso?« fragte ich, noch ganz durcheinander. »Es sind doch Ferien.«

»Meine Mutter ist dort bei der Feldküche«, sagte er. »Von der Feuerwehr. Sie kochen für die Obdachlosen und Verletzten. Die ganze Schule ist voll, sogar der Schulhof. Gestern kamen so viele, daß sie sie auch noch ins Bürgerhaus und die Jugendherberge gelegt haben. Aber das Essen reicht nicht für alle.«

»Meine Großeltern sind tot«, sagte ich.

»Ich weiß«, sagte er. »Alle Schewenborner, die in Fulda gearbeitet haben, sind nicht wiedergekommen. Hier sind auch viele umgekommen. Über dreihundert Schewenborner sollen tot sein. Genaues weiß man nicht.«

Damit lief er weg. Aber er drehte sich noch einmal um und rief mir zu: »Der Christoph ist auch tot. Erinnerst du dich an ihn? Der Junge von unserm Pfarrer, mit dem wir im letzten Sommer das Baumhaus gebaut haben. Die ganze Familie, nur die Elke nicht. Die wohnt jetzt bei uns. Sie ist ja erst acht. Die Meinhards sind auch zu uns gezogen, in den Keller. Die haben ihr Haus verloren. Bei uns ist's gerammelt voll –«

Ich ging weiter und kam zum Hospital. Ich wollte nicht glauben, was ich durch den Torbogen sah: Da lagen die Verletzten in langen Reihen auf der bloßen Erde, viele halbnackt oder ganz nackt, und ihre Angehörigen kauerten bei ihnen. Kinder stolperten heulend hin und her, suchten nach Geschwistern und Eltern, Eltern suchten nach ihren verletzten Kindern. Ich ging durch das Tor und schaute und schaute. Es war gräßlich, was ich sah, und trotzdem konnte ich nicht wegschauen. Da lag eine Frau, die hatte das Gesicht verbrannt. Es war ganz verquollen. Auch ihre Haare waren abgesengt. Ihr eines Ohr war nur noch ein winziger roter Stummel. Als ich das sah, wurde mir schlecht. Neben der Frau lag ein Mädchen, das war etwa so alt wie Judith. Es hatte schon ein bißchen Busen. Aber es hatte nur noch Jeans an, sonst nichts, und auch die waren an verschiedenen Stellen angesengt. Löcher waren herausgebrannt, die Beine waren zerschrammt, die Hose klebte an rohem Fleisch. An einer Stelle konnte man bis auf den Knochen sehen. Als ich das Mädchen ansah, wurde es rot und kreuzte die Arme über der Brust.

Ich schaute weg. Ich schaute über die Reihen hin. Da lag Mensch neben Mensch: Männer, Frauen und Kinder durcheinander, Verletzte, Verstümmelte, Verbrannte. Bei den meisten hing die Haut in Fetzen herunter. Manche lagen in ihrem Erbrochenen, andere in ihrem Blut. Es roch nach Kot und Urin. Und wie in Wellen – mal lauter, mal leiser, dann wieder anschwellend zu wildem Geschrei – wehte das Gebettel, das Gestöhn, das Gejammer der Verdurstenden nach Wasser bis auf die Straße hinaus.

»Du«, ächzte das Mädchen mit den aufgeschürften Beinen, »bring mir ein bißchen Wasser, ja?«

Ich nickte und lief heim. Ich hatte ja nicht weit. Ich nahm Großmutters Milchkanne und goß das letzte Wasser aus dem Eimer hinein.

»Du mußt wieder Wasser holen«, sagte die Mutter.

»Ja«, antwortete ich, »gleich.« Ich rannte mit der Kanne davon, noch bevor sie Zeit fand, mir's zu verbieten.

Das Mädchen konnte sich nicht aufrichten. Ich hielt ihr die Kanne an den Mund. Sie trank gierig. Rings um das Mädchen schrien jetzt auch andere Verletzte nach Wasser. Sie gerieten außer sich, sie rissen mir fast die Kanne aus den Händen und stießen sich gegenseitig weg. Sie kamen mir gar nicht mehr wie Menschen vor, und sie sahen auch kaum mehr menschlich aus. Ich verteilte das Wasser, bis die Kanne leer war. An ihrem Rand klebten jetzt Speichel, Blut und Schleim. Mir ekelte.

Die Frau mit dem verstümmelten Ohr hatte nicht um Wasser

gebettelt. Ich wunderte mich. Ich beugte mich über sie und fragte: »Wollen Sie auch trinken?«

Aber sie antwortete nicht. Mit weit offenen Augen lag sie da und bewegte sich nicht.

»Die braucht kein Wasser mehr«, sagte das Mädchen. »Sie ist tot.«

Ich fuhr hoch und schrie: »Hier ist jemand gestorben!«

Ich glaubte, nun kämen viele Leute zusammengelaufen. Aber niemand kümmerte sich um mein Geschrei. Nur ein alter Mann, der zwei Reihen dahinter lag, sagte: »Hier auch, Kind. Hier wimmelt's von Toten. Die dort muß warten, bis der nächste Schub eingesammelt wird. Wenigstens darin herrscht hier Ordnung. Man muß sich nur erst daran gewöhnen –«

Ich schaute mich genauer um. Da sah ich, daß der Mann recht hatte. Viele in den Reihen lagen regungslos da, manche mit verrenkten Gliedern. Eine Frau schüttelte schreiend ihr kleines Kind, das wie ein nasser Lappen in ihrem Arm hing. Ein junger Mann, dem ein Bein fehlte, lag mit geschlossenen Augen und bläulich-blassem Gesicht da. Sein Stumpf war nur notdürftig verbunden, der Verband ganz durchblutet. Eine Weile später hoben ihn Männer, die mit einer Bahre durch die Reihen gingen, auf und trugen ihn fort. Der schreienden Frau nahmen sie das Kind mit Gewalt weg und legten es dem toten jungen Mann quer über die Brust. Ich sah, wie der Verband von seinem Stumpf abrutschte. Das ganze in Fetzen herabhängende blutige Fleisch kam zum Vorschein.

Da kippte ich um.

Als ich wieder aufwachte, lag ich neben dem Mädchen in der Reihe. Die Sonne schien mir ins Gesicht. Eine Frau ging mit einem Wassereimer durch die Reihen und gab jedem aus einem Becher zu trinken. Wer den Becher nicht selber halten konnte, dem hielt sie ihn an die Lippen. Vielen lief das Wasser aus den Mundwinkeln.

Aber noch bevor sie zu mir kam, sprang ich auf und lief davon, obwohl ich auch durstig war. Als ich durch das Tor rannte, erkannte ich vor mir die Männer, die eben die Toten eingesammelt hatten. Sie schoben einen zweirädrigen Karren. Der war mit einer Plane bedeckt. Ich folgte ihnen. Einer drehte sich um und sagte: »Bleib da weg, Junge, das ist nichts für Kinder.«

Da blieb ich eine Weile stehen und ließ ihnen einen kleinen Vorsprung. Dann ging ich wieder hinterher. Sie fuhren auf die Bleiche, auf die große Wiese neben der Schewe. Dort war eine mächtige Grube ausgeworfen. Die Männer packten die Toten an den Armen und Beinen und warfen sie mit Schwung hinein. Ich mußte an die Mutter des toten Kindes denken. Als die Männer mit dem Karren wieder fort waren, ging ich zur Grube und schaute hinein. Aber ich konnte nicht viel sehen. Die Männer hatten Kalk über die Toten gestreut.

Als ich heimkam, merkte ich, daß ich die Kanne nicht mehr hatte. Ich ging sie suchen, konnte sie aber nicht mehr finden, weder im Hospital noch auf der Bleiche. Ich glaube, sie war unter den Kalk geraten.

4

Von diesem Tag an war ich mehr im Hospital als zu Hause. Darüber ärgerte sich der Vater, denn er brauchte mich für die Arbeit. Aber ich sagte: »Judith ist ja auch noch da. Warum soll *sie* nicht mal Wasser holen? Im Hospital gibt es so viel zu tun.«

Zuerst wollte ich mich nur um das Mädchen kümmern, aber bald riefen auch andere Patienten nach mir. Und jeden Tag kamen neue hinzu. Ihre Angehörigen schleppten sie mit letzter Kraft bis hierher und brachen neben ihnen zusammen.

Ich half, so gut ich konnte. Aber um das Mädchen kümmerte ich mich am meisten. Ich holte von Großmutters Vorräten heimlich etwas für sie zu essen, denn die Suppe, dreimal am Tag verteilt, wurde von Tag zu Tag dünner. Ich brachte ihr auch ein T-Shirt von Judith. Darüber freute sie sich sehr. Nach und nach erfuhr ich ihre ganze Geschichte:

Sie hieß Annette und war die einzige Überlebende ihrer Familie. Die Rothmanns hatten etwa auf halber Strecke zwischen Schewenborn und Fulda gewohnt. Ein Steilhang hinter dem Haus hatte die Druckwelle gemildert. Annettes Vater und ihre drei Brüder waren in Fulda umgekommen, ihre Mutter und ihre Großmutter lagen unter den Trümmern ihres Hauses. Der Großvater, der im Garten gearbeitet hatte, als die Bombe gefallen war, hatte Annette, selber schwer verletzt, aus den Trümmern befreit. Von der Großmutter hatte er nur die Brille gefunden. Die war noch ganz gewesen. In der Nachbarschaft hatte sich fast nichts mehr gerührt, und nach Fulda hin war alles tot und grau gewesen.

Mit ihren zerschundenen Beinen und der gequetschten Brust hatte Annette kaum gehen können. Der Großvater hatte sie immer wieder tragen müssen. Er hatte mit ihr in den Vogelsberg flüchten wollen, den er unverseucht glaubte. Aber sie fanden keine Brücke. So hatten sie sich am Fuldaufer entlanggeschleppt, wo es wenigstens Wasser gab, um den Durst zu stillen, der sie halb wahnsinnig machte. Als Annette über Hunger geklagt hatte, war der Großvater darüber froh gewesen. Er hatte ihren Hunger als Zeichen dafür angesehen, daß sie leben wollte.

Im Obstgarten eines zerstörten Dorfes hatten sie ein paar Frühäpfel gepflückt. Die waren noch nicht reif gewesen, aber braun und verrunzelt wie Bratäpfel, und die Bäume hatten ihre Blätter bei jedem Lufthauch verloren, wie im Herbst. Kurz vor Schewenborn hatte ihnen eine Bäuerin einen trockenen Gugelhupf geschenkt und dazu gesagt: »Der stammt noch von vorher. Ich bringe keinen Bissen davon herunter, denn meine Tochter hat ihn gebacken. Die ist in Fulda geblieben.«

Dann waren sie in Schewenborn angekommen und hatten

sich bis zum Hospital durchgefragt, hatten sich durch Gruppen von Verletzten gedrängt, die auf den Straßen nach Hilfe geschrien hatten. Sie hatten keinen Platz mehr in den Gebäuden gefunden und hatten sich auf den Hof legen müssen. Nachts hatten sie gefroren. Morgens waren sie feucht vom Tau gewesen. Der Großvater hatte auf dem Bauch liegen müssen. Er hatte gefiebert und gelben Schleim gebrochen und immerzu nach Wasser verlangt. Sein ganzer Körper war von dunklen Flecken übersät gewesen, und dann war ihm das Haar ausgegangen. Bevor er gestorben war, hatte er noch zu Annette gesagt: »Laß dich nicht unterkriegen. Vielleicht schaffst du's.« Dann hatten ihn die Männer auf den Karren geladen.

Ich sprach mit meinen Eltern. Ich bat sie, Annette zu uns zu nehmen. Aber meine Mutter wollte nicht. Sie wollte nichts von diesem Elend sehen.

Sie hätte Annette nicht lange im Haus gehabt. Annette wurde immer schwächer. Sie aß nichts mehr, auch wenn ich sie füttern wollte. Ihr war immer übel. Sie hatte Durchfall, und schließlich brach sie auch Blut. Das Haar ging ihr in Büscheln aus, und die Wunden an den Beinen eiterten. Die letzten beiden Tage ihres Lebens verbrachte sie auf einer Matratze im Keller des Hospitals. Dann wurde auch sie fortgekarrt. Ich bin hinterhergelaufen. Ich hab sie nicht alleinlassen wollen.

»Dummer Bub«, sagte einer von den Männern, »sie ist doch tot.«

Trotzdem. Ich konnte mich nicht so schnell daran gewöhnen, daß sie mich nicht mehr brauchte.

Immer hartnäckiger hielten sich die Gerüchte, daß nicht nur Fulda und Kassel, sondern alle großen Städte der Bundesrepublik zerstört worden waren und daß es viele Millionen von Toten gegeben habe. Aber meine Mutter sagte nur dazu: »Das glaube ich erst, wenn ich's mit eigenen Augen gesehen habe.«

Der Vater schwieg dazu. Ich merkte ihm an, daß er die Gerüchte am liebsten auch nicht geglaubt hätte. Aber insgeheim war er schon überzeugt, daß sie stimmten.

Auch nach Annettes Tod blieb ich im Hospital und half. Der Zustrom der Verletzten und Kranken nahm etwas ab. Die Ärzte, die fast rund um die Uhr gearbeitet hatten, atmeten auf. Aber die Bleiche war ganz zerwühlt. Manche sprachen von zwölf Gruben, manche von fünfzehn. In ihnen lagen Schewenborner und Fremde Seite an Seite.

»Ich will auf dem Friedhof begraben werden!« kreischte eine alte Dame im Flur des obersten Stockwerks. »Das ist das mindeste, was man verlangen kann, wenn man schon sterben muß!«

Und sie versuchte, die Männer zu bestechen, die die Toten einsammelten. Sie hielt ihnen einen Tausender hin, ich sah es genau. Offenbar hatte sie eine Menge Geld bei sich, in ihrem Krokodilleder-Täschchen. Aber das half ihr nicht gegen die dunklen Flecken auf ihrer Haut und die Haarbüschel in ihrem Kamm, untrügliche Zeichen der Strahlenkrankheit.

Die Totengräber zuckten nur mit den Schultern, und keiner von ihnen griff nach dem Schein.

»Die Bleiche ist näher beim Hospital«, sagte einer. »Der Friedhof dagegen liegt auf einem Hügel hinter der Stadt, und der Weg dorthin ist an mehreren Stellen verschüttet. Verstehen Sie doch – es geht nicht. Wir sind froh, wenn wir überhaupt einigermaßen nachkommen. Oder wollen Sie lieber nach Ihrem Tod noch ein paar Tage hier oder sonstwo unbegraben herumliegen – in dieser Sommerhitze?«

»Aber so dicht an dicht, neben irgendwem –«, zeterte die Dame. »Das bin ich nicht gewohnt –«

Die Totengräber wurden unwillig, sie hatten es eilig.

»Man brauchte doch nur den Schutt von der Straße zu räumen, die zum Friedhof führt!« rief sie.

Obwohl sie mir leid tat, fand ich das doch sehr egoistisch.

Als ob es nichts Wichtigeres zu tun gab, als Schuttberge von den Straßen zu räumen!

Viel wichtiger war es zum Beispiel, Vorräte zu sichern. Es dämmerte nun jedem, daß uns noch viel schlimmere Zeiten bevorstanden. Es gab nichts mehr zu kaufen, vor allem keine Lebensmittel und keine Medikamente. Die Obdachlosen plünderten die beiden Supermärkte. Anfangs versuchten die Schewenborner, sie daran zu hindern, dann plünderten sie mit. Regelrechte Schlachten um Margarinekisten, um Speckseiten, um Speiseölkanister und Schokoladetafeln wurden geschlagen. Ein Obdachloser erschlug einen anderen im Kampf um eine Käsekugel.

Nach den Supermärkten kamen die kleineren Lebensmittelgeschäfte und die Bäckereien und Metzgereien dran, schließlich auch die Textil- und Schuhgeschäfte, die Eisenwarenhandlungen und Spielzeugläden. Nur für Elektrogeräte interessierte sich niemand.

Ich war dabei, als die Krankenschwestern und Pfleger die Apotheke ausräumten, die dem Hospital gegenüberlag. Der Apotheker half uns, aber Plünderer rissen uns die Körbe mit den Fläschchen und Dosen und Schächtelchen aus den Händen. Es gab eine richtige Schlägerei, bei der uns viele Medikamente, die wir schon sicher glaubten, doch noch verlorengingen. Aber wir konnten trotzdem eine ganze Menge beiseiteschaffen.

Auch die Kioske und Zigarettenautomaten wurden ausgeraubt. Dann kamen die Tankstellen dran. In Eimern und Kannen schleppten die Leute das Benzin heim. Jeder wollte sich eine Fluchtmöglichkeit sichern – für später, denn noch waren die Straßen rings um Schewenborn unpassierbar. Dabei ging noch einmal ein Haus in Flammen auf, und zwei Nachbarhäuser brannten mit ab. Einer der Nachbarn erschlug den Burschen, der eine brennende Kippe in eine Benzinpfütze hatte fallen lassen. Niemand nahm den Mörder fest, niemand bestrafte ihn.

Ich sah zu, wie eine Gruppe junger Männer durch die offenen Schaufenster von Mattheißens Fahrradgeschäft kletterten und die Fahrräder herausholten. Herr Mattheißen war von einem Fassadebrocken erschlagen worden, und Frau Mattheißen hatte in ihrer Aufregung nicht daran gedacht, die Fahrräder verschwinden zu lassen. Mit Fahrrädern ließ sich vorankommen, auch über Schuttberge, wenn man sie darüberschob.

Aber wohin sollte man denn fahren wollen? dachte ich.

Einmal sah ich den Vater am Hospitaltor vorüberkeuchen. Er trug einen Sack geschultert. Er hatte also auch geplündert. Als ich heimkam, sah ich den Sack in der Werkstatt stehen. Er war voll Kohle. Der Vater war schon wieder unterwegs, um noch mehr Kohle zu holen. Er hatte Judith mitgenommen.

»Wozu brauchen wir Kohle?« rief die Mutter wütend. »Wenn es kalt wird, sind wir längst nicht mehr hier!«

»Wo sind wir dann?« fragte ich erstaunt.

»Na, wo schon?« rief sie. »Zu Hause natürlich! Los, lauf dem Vater nach und lös Judith ab. Die heult.«

Ich fand sie beide im Hof von Arnolds »Landhandel«. Dort schippten sie zwischen vielen anderen wie irr Kohle in ihre Säkke. Ihre Gesichter waren voll Kohlenstaub. Judith liefen schwarze Rinnsale über die Wangen. Sie wischte sich das Gesicht am Ärmel ab, als sie mich sah.

»Geh heim, ich mach weiter«, sagte ich zu ihr.

Da lief sie weg. Aber als wir mit unseren Säcken zu Hause ankamen, war sie nicht da.

Ich suchte überall. Schließlich kam die Mutter auf den Gedanken, sie könnte in Großvaters Garten am Fleyenhang sein. Dort fand ich sie auch. Sie saß auf der Bank vor dem Gartenhaus und kämmte sich ihr langes braunes Haar mit einem Kamm, der der Großmutter gehört hatte. Schon immer, seit ich mich erinnern kann, hatte er seinen festen Platz auf einem Querbalken des Gartenhauses gehabt.

Sie hatte mich nicht kommen hören: Das Gras wehte, die Bäume rauschten. Da hörte ich sie leise singen. Das machte mich froh.

Von da an erlaubte die Mutter, daß Judith das Haus verließ. Die ging nun jeden Tag in Großvaters Garten, auch wenn es regnete. Kerstin quengelte so lange, bis sie mitdurfte. Ich beobachtete die beiden manchmal aus den Fenstern des Hospitals: Judith schaute weder nach rechts noch nach links und antwortete nicht, wenn jemand sie ansprach. Kerstin aber fand so viel zu sehen, daß sie sich nur widerwillig mitzerren ließ.

Es war ein richtiger Bilderbuchsommer: Tag für Tag Sonne und Wärme, Badewetter, Wanderwetter – aber niemand wagte zu baden oder durch die Felder und die Reste der Wälder zu wandern und Walderdbeeren, Heidelbeeren oder Himbeeren zu pflücken. Das Wasser in den Bächen, der Wald, die Beeren konnten radioaktiv verseucht sein. Man witterte überall Gefahr, mißtraute der friedlichen Landschaft, fühlte sich der Natur gegenüber verunsichert. Trotzdem schöpften die meisten Schewenborner Wasser aus der Schewe: Ohne Wasser ging nichts mehr, ohne Wasser gibt es kein Leben. Aber die Mühe, jeden Tropfen Wasser aus den Wäldern zu holen, von Quellen, die eine Wegstunde oder mehr von der Stadt entfernt lagen, nur um garantiert unverseuchtes Wasser zu haben – eine solche tagtägliche Mühe nahm fast niemand mehr auf sich, konnte sich kaum einer leisten.

»Wir kochen das Wasser ja ab«, versicherte man sich einander.

Im Hospital wurde das Wasser nicht abgekocht. Wer hätte das auch besorgen sollen bei den Mengen, die die Kranken und Verletzten tranken? Inzwischen war eine Schlauchleitung von der Schewe zum Hospital gelegt worden. Eine Handpumpe hatte sich auch auftreiben lassen. Nun brauchte ich nur noch die vollen Eimer die Treppen hinaufzutragen. Sie wurden mir in den einzelnen Stockwerken fast aus den Händen gerissen. Wenn doch nur mehr Leute bereit gewesen wären mitzuhelfen!

Zwar mußten die Patienten nun nicht mehr unter freiem

Himmel sein, aber das Gebäude war überfüllt: In allen drei Stockwerken und im Keller lagen sie dicht an dicht in Reihen auf dem bloßen Fußboden. In den Räumen stank es entsetzlich, aber ich merkte es nur, wenn ich von draußen hereinkam.

Die Ärzte und Krankenschwestern und die wenigen Helfer wurden von Tag zu Tag gereizter. Sie schnauzten bloß noch herum und wiesen alle Kranken ab, die noch gehen und sehen konnten.

»Für euch sind die Schulsäle da«, hieß es. »Wir können uns nur noch um die schwersten Fälle kümmern.«

Sie fanden kaum Zeit, ein paar Stunden zu schlafen. Manche Helfer blieben plötzlich weg und kamen nicht wieder. Sie wußten ja, daß es keine Behörden und keine Chefs und keine Gesetze mehr gab. Die meisten hatten auch genug Sorgen mit ihren eigenen Familien daheim. Aber ab und zu tauchten neue Helfer auf, manchmal nur für ein paar Stunden, manchmal für Tage, und irgendwie ging es wieder weiter.

Eine große Hilfe war die alte Lisa Bartz aus dem Seniorenheim. Sie war damals schon über siebzig, aber sie kümmerte sich unermüdlich um die Kranken. Man sah sie tags und nachts in den Sälen herumwieseln. Sie schien niemals zu schlafen. Zwar konnte sie keine Wassereimer mehr schleppen, aber sie war groß im Trösten.

»Dabei war sie selber untröstlich gewesen, als ihr Sohn sie ins Altersheim abgeschoben hat«, sagte einmal Frau Kramer, als ich von ihr erzählte.

»Jetzt lebe ich wieder«, sagte Lisa zu mir. Sie sagte es richtig heiter. Dabei war es doch ein Hundeleben im Hospital – ein einziges Gehetze, immer getrieben von Gebettel, Gejammer und Todesnot. Unsere Hilfe war wie ein Tropfen auf den heißen Stein.

Ich bestürmte meine Mutter, ins Hospital zu kommen. Judith konnte sich um Kerstin kümmern. Aber der Vater antwortete für sie: »Du weißt doch, daß sie so was nicht sehen kann.«

»Ich hab mich *auch* dran gewöhnt!« rief ich.

»Sie ist noch nicht über den Schock weg«, sagte er.

Da war ich wütend auf meine Eltern. Ich beschwerte mich über sie bei der alten Lisa. Die schien sich nicht zu wundern. Sie nickte und sagte: »Du mußt Nachsicht mit ihnen haben. Vor der Katastrophe ging es allen so gut, daß niemand Hilfe brauchte. Da hat man's verlernt, anderen beizustehen. Und wo wirklich mal Hilfe nötig war, hat sie einem der Staat abgenommen. Daher denkt heute jeder nur noch an sich selber. Auch deine Eltern. Sie stammen eben aus einer herzkalten Zeit.«

Das leuchtete mir ein. Und wenn ich abends spät heimkam und sah, wie die Mutter weinte und der Vater sie unbeholfen zu trösten versuchte, taten sie mir leid.

Immer wieder gerieten die Schwestern und Pfleger im Hospital in Streit mit den Angehörigen der Patienten. Die wollten die Kranken nicht alleinlassen, wollten sie pflegen und ihnen beistehen. Aber das war nicht möglich. Der Platz reichte nicht aus. Nicht einmal die Kinder durften bei den Müttern bleiben – nur die Säuglinge. Es war manchmal entsetzlich anzusehen, wenn die Schwestern die Kinder von den kranken Müttern wegzerrten und hinausschoben. Die Mütter jammerten, die Kinder schrien.

Im Hof des Hospitals kauerten Kinder jeden Alters. Manche heulten, andere starrten stumm und verstört vor sich hin. Zu verhungern brauchten sie nicht: Die Frauen, die die Suppe austeilten, kamen auch zu ihnen und schwappten ihnen eine Kelle voll dünner Brühe auf die Teller, die sie hinterher wieder einsammelten und in der Schewe wuschen. Aber niemand kümmerte sich um sie, niemand tröstete sie, niemand half ihnen über die quälende Sehnsucht nach ihren Eltern hinweg. Wenn drinnen eine Mutter oder ein Vater starb, sagte ihnen niemand Bescheid, weil niemand wußte, wer zu wem gehörte. Es gab ja keine Verwaltung, keine Karteien mehr. Niemand kannte den Namen des anderen.

Als ich wieder einmal durch die Reihen ging und den Patienten zu trinken gab, zupfte mich eine Frau am Ärmel. Ich konnte nicht sehen, wie alt sie war. Ich wußte nicht einmal, wie sie aussah, denn ihr Gesicht war eine einzige Wunde, ihr Mund ein ausgefranstes Loch. Das Wasser, das ich ihr zu trinken gab, konnte sie nicht mehr schlucken. Was sie sprach, konnte ich kaum verstehen. Ich mußte mich tief zu ihr hinunterbeugen.

»Draußen sind meine Kinder«, röchelte sie. »Mit mir ist es bald aus. Mein Mann ist tot. Sie sind erst drei und sechs Jahre alt. Kümmere du dich um sie.«

»Ich?« fragte ich ganz verwirrt. »Aber ich bin doch keine Frau –«

»Ich hab ja schon versucht, mit den Schwestern zu reden«, ächzte sie. »Aber sie haben keine Zeit zuzuhören. *Du* bist immer ruhig geblieben. Und du bist jung. Laß sie nicht im Stich, hörst du?«

»Ich kenne sie doch gar nicht«, sagte ich.

»Sie heißen Silke und Jens. Dunkles Haar – und beide rote Hosen –« Sie konnte nicht mehr sprechen. Sie sah mich nur an.

»Ja«, sagte ich.

Erst eine halbe Stunde später fand ich Zeit hinauszugehen. Ich ging an den Kinderreihen entlang und schaute nach Geschwistern in roten Hosen aus. Die meisten Kinder hatten sich in den Schatten zurückgezogen. Viele schliefen, manche schrien oder weinten, manche starrten stumm das Gebäude an. Eine große Schwester paßte auf vier kleine Geschwister auf und putzte ihnen die Nase mit Huflattich-Blättern. Unter dem Torbogen fand ich zwei magere kleine Gestalten in roten Hosen, die so schmutzig waren, daß man die rote Farbe kaum mehr erkennen konnte. Mit auseinandergegrätschten Beinen saß das Mädchen an die Mauer gelehnt. Zwischen seinen Knien schlief der kleine Junge.

»Silke«, sagte ich, »deine Mutti läßt dich grüßen.«

Silke schaute strahlend auf: »Wann kommt sie?«

»Bald«, sagte ich und spürte, daß ich dabei rot wurde.

Sie rüttelte ihren Bruder wach und sagte: »Da wollen wir schon an die Tür gehen.«

»Nein«, sagte ich, »an der Tür jagen sie euch weg. Ihr könnt bei mir daheim warten. Eure Mutti weiß, daß ihr bei mir seid. Ihr seid doch sicher hungrig?«

Ich nahm die Geschwister an der Hand und führte sie weg.

»Kann ich auch mit?« schrie mir ein etwa achtjähriger Junge nach. »Ich hab so Hunger!«

Ich drehte mich um und sagte: »Du bist schon groß, du kannst dir selber helfen.«

Als ich heimkam, ging ich durch den hinteren Eingang ins Haus und schob die beiden Kleinen vor mir her in die Küche. Meine Mutter war allein zu Hause. Verblüfft sah sie die Kinder an. Ich flüsterte ihr zu, was ich von ihnen wußte.

»Warum hast du ihr versprochen, was du nicht halten kannst?« fragte sie vorwurfsvoll, während sie die Kinder voller Mitleid ansah. Die schauten ängstlich zu ihr auf.

»Ihr gehört erst mal geschrubbt!« sagte sie nach einer Weile und hob den Kleinen auf den Arm.

Da wußte ich, daß die Kinder fürs erste versorgt waren. Ich rannte hinüber ins Hospital, um ihrer Mutter Bescheid zu sagen. Aber ich fand sie nicht mehr. Ich suchte alle Räume ab, ging an den Reihen entlang – sie war wohl inzwischen auf dem Weg zur Bleiche.

Ich lief wieder zurück. Da hatte meine Mutter die Kinder schon in einer Schüssel gewaschen und abgefüttert und zog ihnen eben saubere Sachen von Kerstin an. Ich war ihr so dankbar, daß ich sie drückte und abküßte wie früher, als ich noch klein gewesen war.

5

Von da ab wurde meine Mutter fast wieder wie *vor* dem Bombentag. Sie wachte aus ihrer Schweigsamkeit auf, ließ das Grübeln sein, kümmerte sich um die Kinder, half dem Vater und suchte nach alten Bekannten. Sie ging mit den Kindern hinauf in den Garten am Fleyenhang und ließ sie dort spielen. Sie brachte es sogar schon fertig, eine Weste aufzutrennen, die die Großmutter dem Großvater gestrickt hatte, um daraus für Silke und Jens Jäckchen zu stricken. Sie steckte auch Judith an. Die stürzte sich auf die Kinder und gab sich den ganzen Tag mit ihnen ab.

Ich spürte, wie der Vater aufatmete. Nun brauchte er nicht mehr alles allein zu entscheiden, denn in unserer Familie hatte bisher die Mutter die meisten Entscheidungen getroffen.

Ich brachte sie sogar dazu, einen Blick ins Hospital zu werfen. In den Krankensälen wurde ihr übel. Aber noch mehr erschütterten sie die wartenden Kinder im Hof. Sofort überredete sie zwei alte Schulfreundinnen, ihr zu helfen. Sie fand jemanden, der ihr das Portal des Schlosses aufsprengte, das schon vor dem Bombentag leergestanden hatte. Die Fensterscherben und den Schutt der herabgefallenen Stuckdecken in der Eingangshalle und auf der Treppe kehrte und schippte sie mit ihren Helferinnen hinaus und quartierte die Kinder in dem großen Kellerraum ein, dessen Fensterscheiben ganz geblieben waren, da sie unter der Erdoberfläche lagen. Schon am zweiten Tag betreute sie über einhundert Kinder – alle unter zehn Jahren. Nicht nur die aus dem Hof des Hospitals, auch solche, die ohne Eltern durch Schewenborn zogen und bettelten. Das waren nicht wenige. Am dritten Tag hausten im Schloßkeller einhundertdreißig Kinder. Sie schliefen auf Heu, das die Mutter auf dem Dachboden einer nahen Scheune aufgetrieben hatte. Die Kinder selber hatten es hinüber ins Schloß tragen müssen. Es gab eine Unmenge zu tun, denn es mußte ja auch Essen herangeschafft werden. Jedes Kind mußte mithelfen.

So kam es, daß sich die Mutter fast nur noch im Schloß aufhielt. Auch Judith mit den drei Kleinen war dabei und half ihr: Sie half mit Feuereifer. Sie und die Mutter sprachen von nichts anderem mehr als von »den Kindern«. Sie wollten, daß ich auch zu ihnen kommen sollte. Aber das wollte ich nicht. Im Hospital, in diesem Elend, mochte niemand helfen. Da konnte ich nicht auch noch wegbleiben.

Es waren schreckliche Tage im Hospital. Das Gebäude war voll von Schwerkranken und Sterbenden, und die Plätze der Verstorbenen wurden gleich wieder von neuen Patienten belegt, die aus der Umgebung von Fulda hergebracht worden waren. Die meisten von ihnen litten an der Strahlenkrankheit, deren erstes Zeichen ein unstillbarer Durst war. Den kannte ich. Er machte manche Patienten halb wahnsinnig. Danach folgten Übelkeit, Durchfall und hohes Fieber. Das Haar fiel in Büscheln aus, die Zähne lockerten sich, die Kranken erbrachen Blut. Am ganzen Körper zeigten sich dunkle Flecken: Hautblutungen. Schluckbeschwerden stellten sich ein, das Herz wollte nicht mehr regelmäßig arbeiten, alle Schleimhäute bluteten. Schließlich redeten die Kranken nur noch wirres Zeug, verloren das Bewußtsein und starben. Bei manchen ging es schnell, andere quälten sich lange. Aber bei fast allen konnte man den Tod voraussehen. Und je näher sie der Bombe im Augenblick der Explosion gewesen waren, um so heftiger war bei ihnen die Krankheit ausgebrochen.

Unter diesen Kranken waren nur solche Schewenborner, die an jenem Vormittag auf dem Weg von oder nach Fulda gewesen waren oder sich kurz danach im nahen Umkreis von Fulda aufgehalten hatten. Ich hörte die Krankenschwestern und Ärzte darüber sprechen. Da bekam ich Angst um meine Mutter. Und als ich erfuhr, daß ein Urlauber-Ehepaar aus Hamburg, zu Gast in Schewenborn, ebenfalls an der Strahlenkrankheit litt, weil es während einer Wanderung von der Kuppe des Kaltenbergs aus in den Feuerball über Fulda geschaut hatte, bekam ich noch mehr Angst um sie. Aber nicht nur um sie – auch Judith mußte Strahlen abbekommen haben. Sie hatte hinter der Mutter am Fenster gesessen, auf der Wagenseite, die der Explosion zugewandt gewesen war. Sie hatte mich gedeckt, denn mein Platz war auf der linken Seite hinter dem Vater gewesen. Aber auch ich hatte einen winzigen Augenblick lang in das grelle Licht geschaut. War also auch ich –?

Merkwürdigerweise belastete mich diese Ungewißheit kaum. Ich hatte auch nicht viel Zeit, über mich selber nachzudenken. Aber immer wieder staunte ich darüber, was für ein Glück die Schewenborner gehabt hatten: Aus ihrem Tal hatten sie den Feuerball nicht sehen können. Und ein starker Westwind hatte die radioaktive Wolke mit der Asche von Fulda nach Osten abgetrieben. Sie hatten also vielleicht gute Chancen zu überleben. Aber die Mutter? Und Judith? Ich versuchte, sie mir zwischen den Kranken im Hospital vorzustellen. Mir schauderte. Und als mir einmal, mitten in der Nacht, klar wurde, daß sicher auch Schewenborn im Osten irgendeiner zerbombten Stadt liegt und mit dem Westwind deren radioaktive Niederschläge ahnungslos abbekommen haben könnte, wurde mir kalt vor Schreck. Hatte sich nicht der Wind plötzlich gedreht, als unser Dachstuhl anfing zu brennen? Vielleicht hatte er sich gedreht, *bevor* uns die Wolke aus Gießen oder Koblenz oder sonstwoher erreicht hatte? Aber konnte nicht auch der Nordwind Unheil gebracht haben?

Ich hatte Angst, als die Mutter an Durchfall litt, noch mehr Angst, als Judith Fieber bekam. Aber jeder bekam damals ab und zu Durchfall, und Judith hatte auch schon vorher oft gefiebert. Schon von klein auf hatte sie bei Aufregungen leichtes Fieber bekommen. Und ihr auffälliger Durst? War *er* etwa das Zeichen? Aber die Tage waren so heiß, und sie war von morgens bis abends auf den Beinen. Konnte es da verwundern, daß sie so viel trank?

In einer Katastrophenzeit werden die Tage doppelt so lang. Jeder Tag ist eine Ewigkeit. Mir kam es vor, als sei die Bombe schon vor Jahren gefallen. Dabei war es erst drei Wochen her. Ich wurde in diesen Tagen dreizehn Jahre alt.

Mein Vater vergaß meinen Geburtstag. Er war so mit dem Dach beschäftigt. Er zog von Trümmerstelle zu Trümmerstelle und suchte Dachpappe und Nägel zusammen. Bevor der Herbstregen kam, wollte er das Dach dicht haben. Die Schönwetterzeit würde nicht ewig dauern. Nur die Decke des Erdgeschosses und die halbzerstörte Kramersche Wohnung schützte uns notdürftig vor Regen. Es war eine schwierige Arbeit, die sich der Vater vorgenommen hatte. Er mußte Mauerreste abtragen, Balken kappen, den Schutt herabschippen und abkarren, bevor er die Decke mit Dachpappe abdecken konnte.

Die Mutter vergaß meinen Geburtstag nicht. Aber sie hatte keine Zeit. Sie umarmte mich nur und drückte mir einen Kuß auf die Stirn.

»Ich wünsche dir, daß du überlebst«, sagte sie.

Ich hatte mir vor dem Bombentag ein neues Fahrrad zum Geburtstag gewünscht. An diesen Wunsch erinnerte ich mich nur noch mit Verwunderung. Merkwürdig, was man sich vorher alles hatte wünschen können und auch bekommen hatte. Aber nun ging ich doch nicht ohne Geschenke aus: Judith flocht mir einen kleinen Kranz aus Strohblumen, die sie im Gartenhaus am Fleyenhang gefunden hatte. Die Großmutter hatte immer Strohblumen im Garten gezogen und im Häuschen getrocknet, um im Winter bunte Sträuße für die Zimmervasen zu haben. Früher hätte ich so ein Kränzchen kaum angeschaut und hätte gedacht: Wozu ist das schon nütze? Jetzt aber freute ich mich darüber. Ich besitze den Kranz noch, obwohl er schon ganz zerfleddert ist.

Auch die Kleinen hatten durch Judith von meinem Geburtstag erfahren. Silke sagte ein Gedicht auf, das sich Judith ausgedacht hatte. Ich kann mich nur noch an die beiden letzten Zeilen erinnern:

»Bleib trotzdem froh und munter,
dann kriegt dich niemand unter!«

Kerstin hatte ein Mühlebrett zwischen den Trümmern gefunden. Sie hatte, sicher auf Judiths Rat hin, neun dunkle und neun helle Steinchen dazu gesucht. Ich dachte: Wann werde ich je wieder Zeit haben, mich hinzusetzen und so ein Spiel zu spielen? Und ich fand es plötzlich ungemein kindisch. Aber das sagte ich Kerstin natürlich nicht. Sie hatte es lieb gemeint.

Ich nahm sie in den Arm und drückte sie. Da merkte ich, daß sie längst nicht mehr so pummelig wie früher war. Alles hatte sich verändert. Alle hatten sich verändert. Auch der Vater hatte keinen Bauch mehr und ließ sich den Bart wachsen, wie er wuchs.

Und Jens? Der schenkte mir etwas, was er selber gefunden hatte. Er hatte es niemandem gezeigt und ein großes Geheimnis daraus gemacht. Er hatte das Geschenk sogar eingepackt: in eine alte Zeitung. Es war ein künstliches Gebiß mit gelblichen Zähnen.

Ich schwenkte meinen kleinen Pflegebruder herum, dann lief ich wieder ins Hospital, denn dort jammerten die Kranken nach Wasser. Der Michi, den ich mir zur Hilfe geholt hatte, war nach zwei Tagen nicht mehr gekommen. Die Arbeit war ihm wohl zu anstrengend geworden. Nun mußte ich mich wieder allein mit den Eimern abrackern.

Als ich spät am Abend meines Geburtstags zur Hintertür hineinschlüpfte und mich todmüde auf Großmutters Sofa in dem Zimmer warf, das früher einmal die gute Stube gewesen war, kam Judith zu mir. Es war noch dämmrig: Mittsommerzeit! Jedenfalls konnte ich Judiths Gesicht gut erkennen. Sie setzte sich neben mich auf den Rand des Sofas. In ihrer Hand hielt sie einen Kamm. Der war noch von daheim. Mir fiel in diesem Dämmerlicht wieder auf, wie schön Judith war. Sie hatte Mutters hohe Stirn und Vaters schmale, gerade Nase. Sie hatte helle Augen und lange dunkle Wimpern. Aber das Schönste an ihr war ihr Haar.

»Was ist?« fragte ich ungeduldig.

Sie blieb stumm. Sie hob nur die Hand mit dem Kamm und fuhr sich damit durchs Haar. Im Kamm blieb eine kräftige Strähne hängen. Sie zog sie aus den Zinken und legte sie auf die samtbezogene Armlehne des Sofas. Dann kämmte sie sich noch einmal, und wieder ging ein Büschel aus, eine braune, schimmernde Locke.

Ich wußte, was das bedeutete. Entsetzt schaute ich auf.

»Weiß das die Mutti?« fragte ich.

»Niemand außer dir«, antwortete sie. »Behalt's für dich. Es wird früh genug allen sichtbar werden.«

Also hatte ich zu Recht Angst gehabt. Trotzdem war ich wie vor den Kopf geschlagen. Ich hatte so viele Kranke gesehen, denen die Haare ausgegangen waren. Aber diese hier war meine Schwester. Wie sehr ich sie mochte, wurde mir erst in diesem Augenblick klar.

»Vielleicht hat's gar nichts damit zu tun«, preßte ich heraus. »Vielleicht kommt's von der Ernährung –«

Ich sah sie lächeln. Ich sah, daß sie genau Bescheid wußte und sich keine Hoffnung mehr gab.

»Faß noch einmal hinein«, sagte sie, »damit du später erzählen kannst, wie schön es gewesen ist.«

Damit hielt sie mir ihr Haar auf ihren offenen Händen hin, und ich strich darüber. Dann ging sie in ihre Kammer hinüber. Heute hatte sie ihre freie Nacht, während die Mutter im Schloß bei den Kindern schlief. Aber ich war sicher, daß Judith in dieser Nacht wach blieb. Als mein Blick auf die Strähne fiel, die noch immer auf der Armlehne lag, konnte ich mich nicht mehr beherrschen. Ich preßte mir das Kissen auf den Mund und weinte.

Am nächsten Tag kam ich gerade dazu, wie Kerstin hinter Judith herlief und quengelte. Als sich Judith nicht nach ihr umdrehte, zog sie sie am Haar. Judith fuhr zornig herum. Kerstin ließ los, aber eine Strähne blieb ihr in der Hand. Judith entriß sie ihr und stopfte sie sich hastig in die Hosentasche. Kerstin schielte sie schuldbewußt an und wunderte sich, daß ihr Judith keine Ohrfeige gab.

6

Schon zwei Wochen nach dem Bombentag war das geschehen, was alle längst erwartet und gefürchtet hatten: Die ersten Typhusfälle waren aufgetreten. Zwar hatte man versucht, sie wegzureden. Wer einen Typhuskranken im Haus hatte, versteckte ihn und ließ ihn irgendeine andere Krankheit haben. Viele wußten auch wirklich nicht, daß sie's mit Typhus zu tun hatten. Wer hatte denn schon Erfahrung mit dieser Krankheit? Hohes Fieber und Durchfall – das konnte auch eine besonders heftige Darmgrippe sein oder die Strahlenkrankheit.

Aber jetzt, ein paar Tage nach meinem Geburtstag, griff die Seuche wie rasend um sich. In jedem Haus lagen Kranke. Es hatte keinen Zweck, sie zum Hospital zu bringen. Es gab weder Platz noch Medikamente. Und die Ärzte schafften die Arbeit nicht. Sechs Ärzte hatte Schewenborn vor dem Bombentag gehabt. Einer war gerade in Urlaub gewesen. Er kam nie wieder zurück. Ein anderer war auf dem Weg nach Fulda umgekommen, ein dritter vor dem Haus eines Patienten von Trümmern erschlagen worden. Und nun bekamen kurz nacheinander zwei von den drei letzten Ärzten Typhus. Der eine starb, der andere blieb noch wochenlang so geschwächt, daß er nicht auf die Beine kam. Der letzte arbeitete allein weiter, aber er konnte nicht mehr viel helfen. Er hatte keine Medikamente, kein Verbandszeug, kein Desinfektionsmittel mehr. Er mußte die Kranken sich selbst überlassen. Ich sah ihn noch ein paarmal durch die Reihen gehen und freundlich nach rechts und links nicken. Aber er blieb nirgends mehr stehen, beugte sich über keinen Kranken mehr, antwortete nicht mehr auf das Gejammer. Eines Tages fand man ihn tot in der Wäschekammer.

Noch einmal begannen die Schewenborner auf Hilfe von außen zu hoffen. Gerüchte liefen um: Ein Rote-Kreuz-Konvoi sei in Richtung Schewenborn unterwegs, mit Personal, das auf Typhus-Epidemien spezialisiert sei.

»Na also«, hörte ich Frau Kramer sagen. »Endlich. Deutschland ist schließlich keine Insel. Sind uns die anderen nicht Hilfe schuldig? Haben wir nicht Millionen gespendet für die Erdbebenopfer in Italien? Haben wir nicht Tausende von Paketen nach Polen geschickt?«

»Vielleicht sieht es in Polen jetzt nicht anders aus als hier?« antwortete ihr mein Vater. »Vielleicht gibt es gar kein Italien mehr. Vielleicht ist ganz Europa kaputt.«

Da nannte Frau Kramer ihn einen Miesmacher.

Jemand wollte sogar einen Hubschrauber gesehen haben – eine Nachricht, die ganz Schewenborn in helle Aufregung versetzte. Aber als kein Konvoi ankam und kein Hubschrauber erschien, brach alle Hoffnung und damit auch das letzte bißchen Ordnung in Schewenborn zusammen. Niemand kochte mehr Suppe für die Kranken, Waisen und Obdachlosen. Sie blieben sich selbst überlassen. Niemand wollte mehr die Toten begraben, obwohl jetzt das zweite große Sterben begonnen hatte.

Die letzten Krankenschwestern und Pfleger erschienen nicht mehr im Hospital. Jeder versuchte, sich in Sicherheit zu bringen. Wer noch laufen, wer noch kriechen konnte, verließ das Hospital, denn darin lagen bald mehr Tote als Lebendige.

Viele Schewenborner und Obdachlose zogen Hals über Kopf in die Wälder und kampierten dort in Zelten. So hofften sie, der Seuche entgehen zu können. Aber sie trugen den Typhus schon in sich, wurden dort draußen krank und steckten sich gegenseitig an. Den Michi Schubert sah ich nie wieder. Es hieß später, er sei in den Schornbergwäldern gestorben. Die liegen nördlich von Schewenborn und waren vom Feuer verschont geblieben. Dort hatten wir früher oft zusammen Pilze gesucht.

Wer in der Stadt geblieben war, traute sich aus Angst vor Ansteckung nicht mehr aus dem Haus. Jede Türklinke, jedes Geländer konnte infiziert sein. Jeder Mensch, der einem begegnete, konnte höchste Gefahr bedeuten. Tagsüber lag die Stadt wie tot da, obwohl jetzt in den Trümmern fast doppelt so viele Menschen wohnten wie früher. Aber nachts wurde es in den Gassen lebendig. Da schlichen die Leute mit Eimern zur Schewe, zu den Löschwasserteichen unter der Stadtmauer, zu den Fischteichen hinter dem Schloßpark und schöpften. Dabei wich jeder jedem aus. Nur von weitem wurden Neuigkeiten ausgetauscht – fast immer Todesnachrichten. Es war fast so, als hielte man die Sonne für die Ansteckungsquelle.

»Unsinn«, sagte mein Vater und schöpfte tagsüber. Aber er holte das Wasser aus dem Freibad. In diesem Wasser hatten zwar vor dem Bombentag schon viele gebadet, und seitdem war es nicht mehr gewechselt worden. Laub und Asche trieben darauf, aber es war gechlort. Dies hielt mein Vater immer noch für den besten Schutz. Das sprach sich herum. Bald drängten sich nachts die Wasserholer vor der aufgebrochenen Tür des Freibads. Jeden Morgen, wenn der Vater und ich mit unseren Eimern hinkamen, war weniger Wasser in den Bassins. Bald war das Kinderbecken leer und im Nichtschwimmerbecken nur noch ein kümmerlicher Rest. Den wollte niemand, denn im knietiefen Wasser trieben zwei Tote. Niemand holte sie heraus. Man tat, als sähe man sie nicht, und schöpfte aus dem Schwimmerbecken. Nicht einmal ihre Angehörigen kümmerten sich um sie. Aber vielleicht hatten sie ja auch keine Angehörigen mehr.

Meine Mutter und Judith machten weiter, auch als im Schloß der Typhus ausbrach. Aber sie gerieten in Panik, weil sie nicht wußten, wie sie die Kinder sattmachen sollten. Der Vater mußte auf die Felder gehen und Frühkartoffeln stehlen. Die waren noch nicht viel größer als Klicker. Er konnte gar nicht so viele aus der Erde buddeln, wie die Kinder aßen. Als die Mutter begann, die Vorräte der Großeltern mit für die Kinder zu verbrauchen, geriet sie mit dem Vater aneinander.

»Und was sollen *wir* essen, wenn der Winter kommt?« fragte er.

»Soll ich zusehen, wie die Kinder verhungern?« fragte sie hitzig zurück.

Ich staunte. Noch vor wenigen Wochen hatte sie mich vom Fenster weggezerrt, wenn die Obdachlosen sich vorbeischleppten. Damals hatte sie sie abgewiesen, wenn sie um Essen bettelten. Wie hatte sie sich in so kurzer Zeit verändert! Und auch der Vater war anders geworden: härter und rücksichtsloser. Aber gegen die Mutter kam er immer noch nicht an.

»Schau doch ins Hospital«, rief er. »Da kannst du die Leute gleich reihenweise verhungern und an ihren Krankheiten krepieren sehen. Willst du die nicht auch noch mitfüttern?«

»Hier geht's um Kinder«, sagte sie.

»Du nimmst dir zu viel vor!« schrie er. »Du willst Unmögliches möglich machen. Man muß doch irgendwo einen Strich ziehen können!«

»Aber nicht rund um unsere Familie. Ich nicht!«

»Schleppen wir denn nicht schon zwei fremde Kinder mit durch? Mit ihnen zusammen werden wir Glück haben müssen, wenn wir durch den Winter kommen wollen.«

»Dann überleg dir's doch mal andersrum«, sagte sie. »Stell dir vor, du und ich wären tot, auch Judith und Roland. Nur Kerstin hätte überlebt und hockte nun vor dem Hospital. Keiner kennt sie, keiner erbarmt sich. Na?«

Da sagte der Vater nichts mehr und ging wieder hinaus in die Felder. Aber bald brauchte er nicht mehr so viele Kartoffeln heranzuschaffen: Die Kinder starben der Mutter unter den Händen weg. Er mußte nun eine Grube im Schloßpark ausheben und die toten Kinder hineinlegen.

Er setzte durch, daß Kerstin zu Hause blieb. Er wollte, daß auch Judith und ich zu Hause blieben. Er war außer sich vor Angst um uns. Er drohte mir, mich einzusperren, wenn ich nicht freiwillig bliebe. Da wurde ich wild. Ich fühlte mich nicht mehr als Kind und wollte nicht wie ein Kind behandelt werden. Ich hatte auch eine Verantwortung!

»Wenn ich krank werden soll, dann hab ich die Krankheit längst in mir!« rief ich wütend. »Du erreichst nur, daß ich ganz im Hospital bleibe und mich hier überhaupt nicht mehr sehen lasse!«

Auch Judith gab nicht nach. Sie sagte ruhig: »Wenn die Mutti weitermacht, mach ich auch weiter. Sie schafft das nicht allein.«

»Und wenn du dich ansteckst?« rief er. »Du kannst sterben!«

Darauf fragte sie nur: »Na und?«

Ich warf einen Blick auf ihr Haar. Es war dünn geworden. Es hatte seinen Glanz verloren. Sie kämmte es nicht mehr. Fiel das den Eltern nicht auf? Wunderten sie sich nicht darüber, daß sie so viel trank? Sahen sie nicht, wie blaß und elend sie aussah? Aber die Eltern sahen ja selber blaß und elend aus. Es war, als ob jeder von uns den Atem anhielte und nichts ahnen, nichts erkennen, nichts wissen wollte.

Als die Toten so überhand nahmen, daß die ganze Stadt stank, taten sich ein paar Männer zusammen, die den Typhus überstanden hatten, karrten sie in jedem Viertel auf einen Haufen, übergossen sie mit Benzin und zündeten sie an. Noch besaß dieser und jener Benzin, noch gab es Feuerzeuge und Streichhölzer in den meisten Häusern.

Auch im Hospital erschienen die Männer. Einen von ihnen kannte ich: den jungen Dreesen. Der war Fotograf gewesen und besaß den schönsten Sportwagen in der ganzen Stadt. Die Mädchen hatten ihn angehimmelt. Nun half er, auf den Wiesen hinter dem Hospital einen Leichenhaufen aufzuschichten. Vom Hospital aus konnte man den Haufen nicht sehen. Aber der Gestank von verbranntem Fleisch lag noch wochenlang über der Stadt.

Nun waren wir allein mit den letzten Kranken, die alte Lisa und ich. Es gab nicht mehr viele Lebende im Hospital zu betreuen. Wer nicht an seinen Verbrennungen oder an der Strahlenkrankheit oder am Typhus gestorben war, der war verhungert. Wer hier noch lag, hatte keine Angehörigen mehr, der war ganz und gar verlassen. Wenn ich einen dieser dreckigen und stinkenden Sterbesäle betrat, schauten mich die Kranken, die noch bei Bewußtsein waren, hoffnungsvoll an. Aber ich brachte ihnen keine Hoffnung. Wer rief, bekam Antwort, wer nicht mehr rufen konnte, bekam nicht einmal mehr einen Blick. Ich war ja selber am Ende. Das einzige, was ich ihnen noch bringen konnte, war Wasser gegen ihren entsetzlichen Durst.

Die meisten von ihnen waren nur noch von Haut überzogene Gerippe, wenn sie starben. Manche klammerten sich an meine Arme, an mein schmutziges und durchschwitztes Hemd. Sie wollten mich nicht loslassen, in panischer Angst vor dem Tod. Manche zerrten mit letzten Kräften an meinem Wassereimer oder bissen in den Plastikbecher und wollten ihn nicht wieder hergeben. Ich mußte mich mit Püffen gegen die Sterbenden wehren, mußte ihre Krallenfinger von meinem Hemd lösen. Und ich war doch selber so erschöpft! Hin und wieder packte mich die Angst, wenn sie noch stark waren. Mir schien es, als wollten sie mir ans Leben, obwohl ich doch der einzige war, den sie noch hatten – außer der alten Lisa, die mich immer wieder ablöste, damit ich ein paar Stunden schlafen konnte. Es war, als ob sie glaubten, mit *meinem* Leben weiterleben zu können!

Ich hielt eine genaue Reihenfolge ein, um gerecht zu bleiben: Stockwerk um Stockwerk, Zimmer um Zimmer. Wenn ich mich bei der nächsten Runde über besonders wilde Sterbende beugte, waren sie oft schon tot und starrten mit glasigen Augen an die Decke.

An einem heißen Nachmittag brach ich im Keller des Hospitals mit hohem Fieber zusammen. Lisa fand mich und holte meinen Vater. Der kam und schleppte mich heim. In den nächsten Tagen wurde fast meine ganze Familie krank. Nur Judith blieb verschont. Ich lag über zwei Wochen zwischen Leben und Tod auf Großmutters Sofa. Das Fieber kletterte immer wieder so hoch, daß ich das Bewußtsein verlor, kurz danach sank es auf normale Temperatur ab.

Nur in diesen fieberfreien Perioden konnte ich wahrnehmen, was um mich herum vorging. Ich sah weder Vater noch Mutter noch die Kleinen. Nur Judith umsorgte mich. Wenn sie sich über mich beugte, lächelte sie mich traurig an. Sie war noch schmaler geworden. Ihre Augen lagen tief in den Höhlen. Sie hielt mir den Becher genau so an die Lippen, wie ich ihn den Kranken im Hospital an die Lippen gehalten hatte. Zeitweilig war ich so schwach, daß ich nicht mehr sprechen konnte. Einmal fühlte ich, wie das Fieber stieg, mir wurde schwarz vor Augen. Da packte ich sie am Ärmel und klammerte mich an ihre Hand. Ein anderes Mal wollte ich sie fragen, warum sie ein Kopftuch trug, aber dann wußte ich nicht mehr, was ich sie fragen wollte. Sie wusch mich, sie bettete mich um, sie kochte mir Tee. Ich hörte sie Wasser holen und Holz hacken. Im Herd nebenan in der Küche knisterte das Feuer.

Einmal fragte ich sie, warum es so still im Haus sei.

»Sie schlafen alle«, antwortete sie. »Schlaf du nur auch.«

Da schlief ich gehorsam ein, überanstrengt von den paar Worten. Später erzählte sie mir, daß ich einen Tag lang wie tot dagelegen hatte.

Als es mir wieder etwas besser ging, erfuhr ich, daß Kerstin gestorben war, mein quicklebendiges, quengeliges Schwesterchen mit den rotblonden Locken. Sie war nur drei Tage krank gewesen. Auch Silke hatte den Typhus nicht überstanden. Vater und Mutter lagen schwerkrank nebenan. Sie wußten noch nichts vom Tod der beiden. Nur Jens war wieder auf den Beinen. Ihn hatte der Typhus als harmloser Durchfall gestreift. Ich hörte ihn draußen auf dem Hinterhof krähen.

»Ich bin verschont geblieben«, sagte Judith. »Ich bin für was anderes ausersehen.«

Sie bat mich, den Eltern Kerstins und Silkes Tod beizubringen. Sie hatte nicht mehr die Kraft dazu. Aber erst nach ein paar Tagen war ich soweit, daß ich mich zu den Eltern ins Schlafzimmer schleppen konnte. Im ersten Augenblick erkannte ich sie nicht, und auch sie stutzten, als sie mich sahen. Wir waren alle bis auf die Knochen abgemagert. Sie lächelten mir mühsam zu. Nachdem ich meine Botschaft herausgewürgt hatte, schrie die Mutter auf und klammerte sich an den Vater. Der blieb stumm, aber seine Augen füllten sich mit Tränen. Und dann sagte er zur Mutter: »Sie haben's gut dort. Wer weiß, was uns noch bevorsteht.«

»Ach, du mit deinen Plattheiten!« schluchzte die Mutter. Dann rief sie Judith. Die mußte an der Tür gehorcht haben, denn sie schwankte ins Zimmer, noch bevor ich sie hereinholen konnte. Sie war sehr blaß.

»Was hast du mit ihnen gemacht?« fragte die Mutter mit einer fremden, schrillen Stimme.

»Ich hab sie nachts hinter der Werkstatt begraben, neben dem Komposthaufen«, sagte Judith. »Ich hab sie nicht den Männern geben wollen. Aber das Grab ist nicht sehr tief. Ich hatte keine Kraft mehr –«

»O Gott sei Dank«, murmelte die Mutter, »daß sie in die Erde gekommen sind.«

Erst später fragte sie, was mit den Kindern im Schloß geschehen sei.

»Ich weiß es nicht«, sagte Judith. »Ich hab nicht alle versorgen können, euch und sie. Ich hab ihnen die Tür aufgemacht und gesagt: ›Geht fort, wenn ihr wollt. Hier ist niemand mehr, der euch zu essen geben könnte. Geht auf die Felder, sucht euch Körner, nagt Maiskolben ab, buddelt euch Kartoffeln aus. Geht in die Wälder, eßt Pilze. Klaut in den Gärten, was sich essen läßt.‹ Ein paar Kinder sind gegangen. Die meisten sind geblieben. Sie haben doch noch gehofft, daß wir wiederkommen. Seitdem bin ich nicht mehr hinübergegangen. Ich will nicht sehen, was dort zu sehen sein wird. Denn es waren so viele von ihnen krank.«

Am Abend des Tages, an dem die Mutter zum erstenmal aufstand, legte sich Judith hin. Sie hatte hohes Fieber. Ihre Jeans blieben ihr kaum über der Hüfte hängen. Sie wollte nichts mehr essen, nur noch trinken. Aber das Schlucken machte ihr von Tag zu Tag mehr Mühe. Einmal rutschte ihr Kopftuch ab. Ich schrie auf, als ich sie so sah: Sie hatte kein Haar mehr. Aber im selben Augenblick bereute ich meinen Schrei, denn ich merkte, wie sehr ich sie durch mein Entsetzen verletzt hatte.

Ihr Körper verfärbte sich, wurde fleckig, dann starb sie – ganz leise, ohne Klage. Sie machte sich einfach davon.

Ihr Tod traf den Vater tief. Er war so stolz auf sie gewesen. Sie hatte immer viel bessere Noten als ich heimgebracht. Die Lehrer hatten ihm zu dieser Tochter gratuliert. Ich aber hatte ihn oft in Verlegenheit gebracht – ich, der Faulpelz und Dummkopf, der sich immer nur mit Mühe von Klasse zu Klasse gehangelt hatte.

Weder Vater noch Mutter noch ich hatten Kraft genug, um eine Grube für Judith auszuheben. Wir mußten sie den Männern übergeben, die mit dem Karren durch die Gassen zogen und »Tote? – Tote?« riefen. Aber bevor sie hereinkamen, knüpfte ihr meine Mutter noch hastig das Kopftuch um. Kein Fremder sollte sie ohne ihr Haar sehen. Dann schleppte sich die Mutter zum Vater ins Schlafzimmer. Nur ich blieb bei Judith, als die Männer sie ziemlich unsanft auf ihre Bahre warfen und hinaustrugen.

»Zieh ihr doch die Turnschuhe aus«, sagte einer zu mir. »Die sind viel zu schade zum Verbrennen. Die gibt's nie wieder. Du wirst sie noch brauchen können.«

Ich schüttelte den Kopf.

»Dann nehme *ich* sie«, sagte ein anderer Mann. »Für meinen Neffen, wenn er noch lebt.«

Da riß ich sie Judith von den Füßen und warf sie hinter mich ins Zimmer.

»Na, na«, sagte der Mann, »nur nicht so heftig. In solchen Zeiten kann man sich keine Pietät mehr leisten. Wer nicht praktisch denkt, krepiert.«

Als sie draußen waren, brach mir der Schweiß aus, so schwach fühlte ich mich. Ich schlug die Tür hinter ihnen zu. Ich schaute nicht aus dem Fenster. Ich warf mich aufs Sofa und weinte, bis Jens mich, bekümmert über meine Traurigkeit, am Nacken kraulte und mich daran erinnerte, daß er hungrig war.

7

Vater und Mutter erholten sich schneller als ich – wenigstens körperlich, obwohl sich meine Mutter vor dem Gesundwerden scheute. Sie kam über Kerstins und Judiths Tod nicht weg. Sie fiel wieder zurück in ihre Schweigsamkeit der ersten Zeit nach dem Bombentag, fragte nach nichts und wollte nichts wissen. Sie ging nicht nach draußen und schaute nicht einmal ins Schloß hinüber. Nur um Jens und mich und Vater kümmerte sie sich.

Es beruhigte mich, als ich merkte, wie sehr sie nun an Jens hing – und er an ihr.

»Ein ideales Kind für solche Zeiten«, sagte mein Vater einmal.

Das war er wirklich: ein Stehaufmännchen. Ihn kriegte nichts unter. Kerstin und Silke vermißte er nur kurze Zeit.

Dann war er wieder obenauf. Immer strahlte er, mit allem war er zufrieden. Wenn wir uns mit ihm abgaben, vergaßen wir für eine Weile all das Schreckliche, das hinter uns und vor uns lag. Für ihn war dieses Leben längst ganz normal. Er nahm es, wie es kam. Nur nachts rief er manchmal kläglich nach Silke oder seiner Mutter.

Ich brauchte am längsten, bis ich es wagen konnte, das Haus zu verlassen, ohne umzukippen. Der Vater sagte, ich sähe aus wie ein Gespenst. Erst gegen Anfang September schaffte ich es, ins Hospital hinüberzutaumeln.

Es war leer. Die Räume hallten. Auf dem Fußboden klebten noch Blut, Kot und Erbrochenes. Aber die Toten hatte man hinausgeschafft. Ich suchte nach der alten Lisa. Ich hatte fest damit gerechnet, sie hier wiederzusehen. Darauf hatte ich mich gefreut. Ich konnte mir nicht vorstellen, daß sie gestorben war. Später fragte ich Schewenborner nach ihr. Aber nach der Typhuszeit war sie niemandem mehr begegnet.

In einem Saal im Keller fand ich einen kleinen schmutzigen Teddybär. Den nahm ich mit für Jens. Ich hatte Mühe, wieder heimzukommen. Schweißüberströmt fiel ich auf Großmutters Sofa.

Den nächsten Ausflug machte ich in die Stadt. Die war sehr still geworden, obwohl die Schewenborner, die sich in die Wälder geflüchtet hatten, längst wieder heimgekommen waren, sofern sie die Seuche überlebt hatten. Der Vater hatte mir erzählt, daß es kaum eine Familie gab, in der nicht jemand gestorben war. Auch eine andere Seuche war umgegangen, eine Art Ruhr, die fast ebenso viele Opfer gefordert hatte.

»Drei- bis viertausend Tote, Einheimische und Fremde, sollen bis jetzt in Schewenborn begraben worden sein«, sagte mein Vater. »Dazu kommen die Schewenborner, die in Fulda umgekommen sind.«

Die Stadt hatte vor dem Bombentag etwa fünftausend Einwohner gehabt. Fast ebenso viele Obdachlose aus der Fuldaer Umgebung waren hier untergekommen.

»Nicht schlecht«, sagte der alte Malek, der seine Frau an Typhus verloren hatte. »Da bleibt uns Überlebenden mehr zu fressen.«

Ich starrte ihn so entsetzt an, daß er ganz verwundert fragte: »Na und? Stimmt's vielleicht nicht?«

So wie er dachten viele. Alle Gedanken begannen, sich nur noch um das Essen zu drehen. Auch bei uns. Der Herbst war nah. Die Tage wurden kürzer und kühler. Man fürchtete sich vor dem Winter.

Während der ersten Woche nach dem Bombentag und während der Seuche hatten nur wenige Bauern ihr Getreide geerntet. Auf vielen Feldern stand der Weizen überreif und hatte längst seine Körner verloren, oder er lag, zusammengschlagen von Böen und Gewitterregen, in wirren Wirbeln aufeinander. In Scharen wanderten die Schewenborner hinaus, um Körner zu sammeln. Auch wir machten uns mit Plastikbeuteln und Großmutters uralten Leinensäckchen auf den Weg.

Es war das erste Mal nach meiner Krankheit, daß ich wieder auf die Felder kam. Ich wunderte mich: Es war doch erst September, und trotzdem war die ganze Landschaft welk und gelb, und das Laub löste sich von den Bäumen. Ganze Alleen standen schon kahl.

»Was ist das, Vati?« fragte ich beklommen.

»Trockenheit«, antwortete er kurz. »In diesem Sommer hat es ja kaum geregnet. Da kommt der Herbst früher.«

»Aber sieh doch die Rübenblätter an«, sagte ich. »Die dürften auch nach einem trockenen Sommer in dieser Zeit nicht so schlapp sein. Und die Erlen an der Schewe sind schon kahl, obwohl sie die Wurzeln im Wasser haben und ihr Laub erst im November abwerfen. Verstehst du das?«

»Du tust, als seist du ein Landwirtschafts- und Forstexperte«, sagte der Vater unwillig, faßte mich am Arm und zwang mich stehenzubleiben. Als die Mutter mit Jens ein paar Schritte vorausgegangen war, flüsterte er mir zu: »Natürlich ist das nicht der Herbst – das weiß ich so gut wie du. Aber halte vor der

Mutti den Mund über diese Dinge. Sonst wird sie noch mutloser.«

»Also ist die Fuldaer Wolke *doch* über uns weggezogen?« fragte ich erschrocken.

»Nicht die von Fulda«, meinte der Vater. »Nach so vielen Atomexplosionen wird die ganze Atmosphäre über unserem Land radioaktiv verseucht sein. Es wäre lächerlich anzunehmen, daß sie ausgerechnet über Schewenborn noch rein wäre.«

»Aber dann sind doch auch alle Pflanzen verseucht«, flüsterte ich entsetzt, »und wir dürften nichts von all dem, was hier wächst, berühren?«

»Dann verhungern wir«, antwortete mein Vater. »Es ist schließlich gleichgültig, welchen Tod wir sterben. So lange wir Hunger haben, werden wir nach Eßbarem greifen, auch wenn es verseucht sein sollte.«

An diesem Tag aß ich nichts mehr, auch nicht am nächsten. Aber am übernächsten hatte ich solchen Hunger, daß ich mich nicht mehr beherrschen konnte und doch über die Kartoffeln herfiel, die der Vater ein paar Tage vorher von den Feldern geholt hatte.

Die Bauernfamilien, die ihre Felder noch abernten konnten, hatten Schwierigkeiten: Die Mähdrescher waren nicht mehr zu gebrauchen. Sie mußten wieder mit der Sense mähen. Viele junge Leute hatten nie mähen gelernt. Jetzt war Rat und Können der Alten plötzlich wieder gefragt. Aber es waren fast keine Sensen mehr aufzutreiben. Manche Bauern rauften das Getreide mit den Hände aus, andere schnitten es mit Sicheln oder Messern ab. Aber das ging langsam. Mehr Helfer mußten her. Die gab es genug, nur wollte niemand mit Geld bezahlt werden. Wozu war Geld nütze, wenn man nichts mehr damit kaufen konnte? Die Leute wollten nur gegen Korn helfen.

Aber es lohnte sich kaum, die Ähren auszudreschen. Was die Bauern ernteten, war fast nur Stroh. Die Körner lagen zwischen den Stoppeln auf dem Boden, und viele hatten schon Wurzeln geschlagen. Auf den Knien rutschten wir über die Stoppelfelder und sammelten sie auf. Wir waren nicht die einzigen. Es wimmelte auf den Feldern von Körnersuchern. Manche glaubten, sie fänden in den Ähren doch noch mehr Körner als auf der Erde. So breiteten sie an den Feldrändern Tücher aus, häuften Ähren darauf und droschen sie mit Stöcken und Steinen aus.

»Wie in der Steinzeit«, sagte mein Vater.

»Und nächstes Jahr?« fragte ich. »Diese Felder sind alle noch vor dem Bombentag angebaut worden.«

»Das nächste Jahr liegt noch so weit weg«, meinte er. »Laß uns darüber jetzt nicht den Kopf zerbrechen.«

Und die Maisfelder? Die brauchte kein Bauer mehr zu ernten, wenigstens nicht die Kolben. Die waren längst von all den hungrigen Schewenbornern, die keine Vorräte mehr besaßen, geerntet worden.

Es war ein obstreiches Jahr. In Großvaters Garten bogen sich die Bäume unter ihrer Last, aber die Früchte waren klein geblieben und merkwürdig verrunzelt. Wir pflückten die Äpfel und Birnen von den kahlen Zweigen, wir schüttelten die Pflaumen. Aber wir konnten das Obst nicht einkochen. Uns fehlte der Zucker. Wir versuchten, die Pflaumen zu trocknen, aber wir hatten kein Glück damit. Sie begannen zu schimmeln. Wie fehlte uns jetzt die Großmutter mit ihren Erfahrungen aus der Kriegs- und Nachkriegszeit!

Wir schnippelten die Äpfel und Birnen in dünne Scheiben, die wir auf Brettern und Backblechen in der Sonne trockneten. Wir suchten Pilze und trockneten sie. Aber die Haselnüsse und Walnüsse aus Großvaters Garten wurden noch grün von den Bäumen und Sträuchern gestohlen. Auch die Kürbisse, Riesendinger, waren verschwunden, noch bevor sie richtig reif geworden waren.

Meine Mutter hatte von all der Arbeit rauhe, rissige Hände bekommen. Sie pflegte sie nicht mehr. Früher hatte sie bei der Gartenarbeit immer Gummihandschuhe getragen. Sie saß morgens auch nicht mehr vor dem Frisierspiegel zwischen Tuben und Puderdosen. Braungebrannt, mit vielen kleinen Fältchen im Gesicht, lief sie herum, ließ ihr Haar wachsen,wie es wuchs, roch nach Schweiß und hatte oft Erde an den Schuhen kleben. Aber so hatte ich sie nicht weniger lieb als früher. Im Gegenteil.

Es kamen Tage, da hatte meine Mutter verweinte Augen. Auch der Vater war bedrückt.

»Die Mutti ist schwanger«, sagte er.

Ich starrte ihn erschrocken an. Er zog die Schultern hoch und sah sehr unglücklich aus.

»Vielleicht irrt ihr euch«, sagte ich und dachte an das, was wir in der Sexualkunde darüber gelernt hatten. »Vielleicht ist es nur von der Aufregung weggeblieben –«

»Das hatten wir auch gehofft«, sagte der Vater. Er sprach zu mir wie zu einem Erwachsenen. »Aber jetzt ist ziemlich klar, daß es eine Schwangerschaft ist: aus der Nacht nach der Geburtstagsparty bei Kellermanns, zwei Tage vor der Bombe.«

»O mein Gott«, schluchzte die Mutter.

Als ich wieder kräftig genug dazu war, machte ich lange Streifzüge durch die Umgebung. Ich sah, daß von den Dörfern im Umkreis von Schewenborn die Ortschaften Wietig und Murn am wenigsten gelitten hatten. Wietig war von Fulda am weitesten entfernt, und Murn lag in einer tiefen Talfalte. Aber von den Dörfern im Fuldatal stand fast nichts mehr. Die Höfe waren eingestürzt oder abgebrannt, die Scheunen und Schuppen wie weggeblasen. Es roch immer noch nach Asche. Man sah kaum Menschen. Die Überlebenden, die nicht fortgezogen waren, hatten sich in den Trümmern eingenistet. Auf den verdorrten Wiesen lagen Kuhkadaver. Von manchen waren nur noch die Skelette übrig. Aber nirgends sah man Krähen hocken.

An den Waldhängen hatte die Druckwelle die Fichten wie Streichhölzer umgeknickt. An vielen Stellen waren Bäume über die Straße gefallen, und noch hatte niemand sie weggeräumt. Ganze Wälder waren niedergemäht, je weiter fuldaaufwärts ich kam. In einem Teich sah ich tote Fische mit dem Bauch nach oben treiben. Sie mußten lange *nach* dem Bombentag umgekommen sein. Und überall, vor allem unter Bäumen, trat ich auf winzige Vogelskelette.

Bei einem kleinen Dorf führte die Straße über die Fulda. Vom Dorf selbst stand fast nichts mehr. Aber die Brücke war noch ganz. Ein Mast der Stromleitung war über sie gefallen, die Drähte hingen zerrissen herab. Ich blieb eine Weile auf der Brücke stehen und schaute ins Wasser hinunter. Es war grau und trüb. Seitlich in den fahlgelben Weidenbüschen hingen ein paar Leichen ineinander verhakt – kleine schwarze Skelette mit geschrumpftem Fleisch: Verbrannte. Das Unkraut am Ufer durchwucherte sie schon.

Ich wagte mich noch ein Stück weiter in der Richtung nach Fulda vor. Die Landschaft wurde grau, dann schwarz. Das Tal war wie leergefegt. Nur ein paar Baumstümpfe ragten noch auf, ein paar flachgedrückte Autowracks neben der Straße erinnerten daran, daß hier einmal Menschen gelebt hatten. Die Wiesen waren versengt, die Felder verdorrt, die Wälder verbrannt, zerstört, entlaubt wie im Winter. Nur über den Fuldaufern lag ein grüner Schimmer.

Als ich dorthin kam, von wo aus ich Fulda hätte liegen sehen müssen, kehrte ich um. Von diesem Ausflug brachte ich nichts mit heim. Nicht einmal Pilze wuchsen mehr im Fuldatal.

»Und trotzdem«, sagte mein Vater, als ich ihm erzählte, was ich gesehen hatte, »es kann nur eine kleine Bombe gewesen sein. Fulda war keine Großstadt. Wer auch immer die Bombe geworfen hat – er war sparsam. Schon ein kleines Kaliber genügte, um Fulda auszuradieren.«

Einmal wanderten wir zusammen, der Vater und ich, nach Osten zu, um für die Mutter etwas Speck oder Fett aufzutreiben. Wir kamen bis an die Zonengrenze. Die Wachtürme waren leer, auf den durchgepflügten Streifen keimte Unkraut. Wir konnten in ein Tal hinuntersehen. Dort war der Grenzzaun umgestürzt, waren die Pfeiler zerbrochen. Es sah aus, als sei da einer mit dem Bagger durchgefahren. An mehreren Stellen, auch in unserer Nähe, war der Maschendraht aufgeschnitten. Trampelpfade führten durch die Öffnungen.

Auf dem Pfad, der uns am nächsten lag, kam ein stoppelbärtiger Mann von drüben zu uns herüber. Er hatte einen Rucksack auf dem Rücken und ein Kind auf dem Arm. Ein zweites Kind schob er vorsichtig vor sich her. Wir beobachteten ihn mit angehaltenem Atem. Aber kein Schuß fiel, kein Hund bellte, kein Alarm schrillte. Als er bei uns ankam, grüßte er freundlich.

»Da hatten Sie aber Glück«, sagte mein Vater.

»Wieso?« fragte der Mann. »Hier schießt niemand mehr. Nicht mehr seit dem Bombentag. Man muß nur aufpassen, daß man nicht vom Trampelpfad abkommt. Da ist noch alles vermint.«

»Jetzt kann also rüberflüchten, wer will?« fragte mein Vater ungläubig.

»Flüchten?« fragte der Mann. »Warum? Niemand flüchtet jetzt. Im Gegenteil. Immer mehr von euch kommen zu *uns* rüber. Hier im Thüringischen sind wir noch einigermaßen glimpflich davongekommen. Eisenach, Gotha, Erfurt sind natürlich weg, und Meiningen und Suhl hat die Wolke von Fulda erledigt. Aber hier herum läßt sich's noch leben für die, die den Typhus und die Ruhr überstanden haben.«

»Aber Sie«, sagte der Vater, »flüchten doch auch, wie ich sehe.«

»Ich?« fragte der Mann überrascht. »Sie meinen wegen des Rucksacks? Aber nein. Da wär ich schön dumm, wo doch bei euch alles noch viel kaputter sein soll als bei uns. Ich will Verwandte besuchen, gleich dort drüben im Dorf. Den Bruder meiner Mutter. Jahrelang haben sie uns Pakete geschickt. Jetzt bringe ich ihnen ab und zu eine Speckseite rüber. Denen sind alle Schweine kurz nach dem Bombentag krepiert. Auch so eine Seuche. Unser Dorf und ein paar Nachbardörfer hat sie ausgelassen. Dafür hat's bei uns die Kühe erwischt. Innerhalb einer Woche alle zweiundzwanzig Milchkühe hin!«

»Und das hier«, fragte mein Vater ganz verwirrt, »ist also keine Grenze mehr?«

»Nicht daß ich wüßte. Jedenfalls merkt man nichts davon. Wozu denn auch noch Grenzen, so kaputt, wie alles ist? Um Berlin herum soll kein Stein mehr auf dem anderen stehen, und Leipzig und Dresden sollen wie weggeblasen sein. Je weiter nach Osten, um so fleißiger ist man gestorben, und man stirbt dort immer noch. Nicht nur an den Seuchen. Die Strahlen sind's, diese verdammten Strahlen. Vor denen ist keiner sicher.«

»Wir gehören jetzt also wieder zusammen?« fragte mein Vater.

»Sieht so aus«, sagte der Mann. »Aber was weiß man denn heute? Man hört nur Gerüchte. Keine Zeitung, kein Fernsehen, keine Stimme der Regierung. Wahrscheinlich gibt's gar keine Regierung mehr. Wer würde sich denn auch zutrauen, in diesen Scherbenhaufen, diesen Totentanz Ordnung zu bringen? Nicht einmal Bürgermeister will einer werden. Bei uns gehen sie mit diesen Ämtern hausieren. Bürgermeister. Lächerlich. Jetzt gibt's nur *ein* Motto für jeden: Überleb, wie du kannst, und wenn's auf Kosten anderer geht.«

»Ja«, sagte mein Vater, »man vergißt seine ganze gute Erziehung und die ›Liebe-deinen-Nächsten‹-Moral. Man wird zu einem Tier. Man beißt um sich, wenn's ums Futter geht. Und es geht fast immer ums Futter! Dabei überleben nur die Stärksten.«

»So ist es«, sagte der Mann, nahm seinen Rucksack ab, langte hinein und reichte mir eine Speckseite.

»Da«, sagte er. »Du wirst Fett brauchen können. Du siehst ja aus wie's Leiden Christi persönlich. Übrigens kommt man hier an der Grenze noch am besten vorwärts, auf *unserer* Seite entlang: Da ist noch die Straße, auf der sie immer Streife fuhren. Die beste Verbindung heutzutage zwischen Nord- und Süddeutschland. Keine Ortschaften, kaum kaputt. Wer noch Benzin im Tank hätte, käme da schnell voran. Aber im Ernst: Radfahrer seh ich oft vorüberstrampeln. Also, auf ein gutes Überleben!«

Damit nahm er das kleinere Kind, ein noch pausbäckiges Mädchen, wieder auf den Arm und wanderte weiter. Er ließ uns kaum Zeit, uns zu bedanken.

»Warum gehen wir nicht rüber, wenn's drüben noch Speck gibt?« fragte ich.

»Wer weiß«, sagte der Vater, »es ist alles so unsicher. Vielleicht gibt es doch noch jemanden, der sich verpflichtet fühlt, die Grenze zu bewachen. Das kann doch nicht so plötzlich anders sein. Was würde mit der Mutti, wenn sie mich festhielten?«

Ich bot mich an, allein hinüberzugehen. Aber das wollte er auch nicht: »Man kann nicht wissen. Es sind ja alles nur Gerüchte.«

Nachdenklich wanderten wir ein Stück am Zaun weiter, dann kehrten wir um. Unterwegs fragten wir noch in ein paar Höfen nach Fett und anderem, bekamen aber nichts.

»Heute waren schon mehr als ein Dutzend Schnorrer da«, sagte eine Bäuerin. »Wir haben auch kein Tischlein-deck-dich.«

Und ein alter Bauer knurrte: »Eineinhalb Männer? Nein. Wenn ich schon was gebe, dann nur Frauen mit kleinen Kindern oder Schwangeren. Ihr könnt euch selber helfen.«

»Meine Frau *ist* schwanger«, sagte mein Vater. »Und wir haben ein kleines Kind zu Hause.«

»Das kann jeder sagen«, schnauzte ihn der Bauer an.

Wir versuchten, uns selber zu helfen: Als wir den Hof wieder verlassen hatten, trieben wir hinter der Scheunenwand ein Huhn in die Enge. Der Vater bekam es auch zu fassen, brachte es aber nicht fertig, ihm sofort den Hals umzudrehen. Es schlug mit den Flügeln und gackerte aufgeregt. Das hatte der Bauer wohl gehört. Er ließ den Hund los. Der kam mit wütendem Gebell herausgefegt und sprang uns an die Beine. Der Vater mußte das Huhn fahren lassen. Mit einem Pfahl, den er sich aus einem Holzhaufen griff, schlug er dem Köter über den Rücken, daß er sich jaulend verzog. Mir tat der Hund leid. Aber noch mehr tat mir's leid, daß uns das Huhn entgangen war.

»Eigentlich«, sagte der Vater, als wir weitergingen, »hatte der Bauer recht.«

Den ganzen Heimweg über blieb er schweigsam, in Gedanken versunken. In der Abenddämmerung buddelten wir auf einem einsamen Acker noch ein paar Kartoffeln aus und füllten damit unsere Rucksäcke. Hätten wir nicht die Speckseite bekommen, wäre es ein verlorener Tag für uns gewesen. Ich nahm mir vor, das nächste Mal wieder allein schnorren zu gehen. Ich war ja noch ein Kind, mich schickten die Bauern selten weg, ohne mir was zu geben. Und wenn's nur eine Runkelrübe war.

Wir kamen erst nach Mitternacht heim. Die Mutter hatte schon Angst um uns gehabt. Sie war sehr niedergeschlagen: An diesem Nachmittag hatte jemand, während sie in Großvaters Werkstatt mit Jens Apfelschnitze aufgefädelt hatte, heimlich unseren Keller halb ausgeräumt. Von den Kartoffeln, die wir während der letzten Wochen von den Feldern heimgeholt hatten, fehlte mehr als die Hälfte. Der Dieb hatte sie in aller Ruhe eingesackt und einem Komplizen durch das Kellerfenster hinausgereicht. Er mußte aus der Nachbarschaft stammen. Er mußte gesehen haben, daß der Vater und ich in aller Frühe das Haus verlassen hatten. Auch Möhren und Kohlköpfe fehlten.

»Wir brauchen einen Hund«, sagte der Vater wutschnaubend.

»Womit willst du ihn füttern?« fragte die Mutter.

Von nun an ließen wir die Mutter nicht mehr allein zu Hause. Ging der Vater fort, blieb ich bei ihr. Ging ich auf Beute aus, blieb der Vater daheim. Auf diese Weise dauerte es lange, bis wir den Verlust wieder hereinhatten. Dazu wurde es immer gefährlicher, von den Feldern zu stehlen, je näher der Winter kam. Einmal kehrte der Vater stöhnend heim. Sein Hemd war zerrissen, seine Nase blutete: Ein Bauer hatte ihn beim Rübenklauen erwischt und brutal zusammengeschlagen.

Auch als es nichts mehr auf den Feldern zu holen gab, zogen wir weiter Tag für Tag los, einmal der Vater, einmal ich, und holten Holz. Wir fuhren mit Großvaters altem Fahrrad. Als die Reifen nicht mehr zu flicken waren, fuhren wir auf den Felgen weiter. Das Holz luden wir auf einen uralten, zweirädrigen Anhänger aus Großvaters Schuppen. Jeden Tag beluden wir ihn höher. Die Ladung zurrten wir mit Seilen fest. Wir wetteiferten miteinander, wessen Ladung höher war. Wer daheimblieb, zerkleinerte das Holz zu Stücken, die in den Herd paßten.

Um Holz brauchten wir uns noch nicht zu schlagen. Die Schornbergwälder lagen voller dürrer Äste und umgestürzter Stämme. Und auch verkohltes Holz gab Hitze. Aber die Äxte und Sägen waren knapp. Jemand stahl unsere beste Säge, während ich nur für einen Augenblick in die Küche gegangen war, um zu essen. Der Vater raste vor Wut.

»Wenn ich den erwische, erschlage ich ihn!« brüllte er.

Das glaubte ich ihm.

Wir hielten uns jetzt tagsüber nur noch in der Küche auf, wo der Herd stand. Die Küche war der einzige warme Raum im Haus. Nachts schliefen wir in den ungeheizten Zimmern.

Wenn wir alle vier zu Hause waren, wurde es sehr eng in der Küche. Sie war nur etwa zwölf Quadratmeter groß. Und Jens ließ sich nicht anbinden. Er brauchte Platz zum Spielen. Er quengelte jetzt oft. Da wurde der Vater ungeduldig.

»Er kann nichts dafür«, sagte die Mutter.

»Ja, ja, ich weiß«, seufzte der Vater ergeben.

In der Küche trockneten wir unsere halbkaputten Schuhe, wusch die Mutter die Wäsche mit der Hand, spannte eine Leine von Wand zu Wand und trocknete sie. Die Küche roch nach Essensdunst und Asche, nach Waschlauge und Schweiß. Aber daran störten wir uns längst nicht mehr. Die Küche war unser Zuhause.

8

Noch im September zeigten sich die ersten Fälle von Strahlenkrankheit unter den Schewenbornern. Sie liefen anders ab als bei den Leuten aus der Fuldaer Gegend, die ich in den Wochen nach dem Bombentag im Hospital beobachtet hatte. Damals waren die meisten Kranken schnell gestorben. Die Schewenborner siechten dahin. Nur bei ein paar Kindern ging es schneller. Sie starben an Leukämie.

»Jetzt geht es los«, sagte der Vater, als er mit mir allein war. »Der schleichende Tod. Früher oder später sind wir alle dran. Es kommt nur auf die Reihenfolge an. Und es geht hübsch langsam, damit niemand in Panik gerät.«

Er hatte recht. Es wurde kein Massensterben daraus. Es wurde langsam und einsam gestorben, mal einer hier an Blutkrebs, mal einer dort an unaufhörlichem Darmbluten und Bluterbrechen, aber immer an der gleichen Ursache: den radioaktiven Strahlen.

Es wurde Oktober, es wurde November, es begann zu schneien. Jens konnte sich nicht mehr an den letzten Schnee erinnern. Er war außer sich und versuchte, die Flocken zu fangen. Ich machte mit ihm eine kleine Schneeballschlacht. Ganz verdutzt schaute Frau Kramer aus dem Nachbarhaus. So ein

Gelächter hatte sie schon lange nicht mehr gehört. Oder vielleicht doch? Denn sie hatte in der Typhuszeit, als sich niemand mehr um die Kinder im Schloß gekümmert hatte, zwei von ihnen bei sich aufgenommen. Das eine war bald an der Ruhr gestorben, das andere lebte noch, ein sechsjähriges Mädchen mit Brandnarben an den Händen. Seitdem sie das Kind bei sich hatte, machten ihr die Leute, bei denen sie untergekommen war, große Schwierigkeiten. Trotzdem behielt sie es.

Meiner Mutter schossen Tränen in die Augen, als sie uns zuschaute. Sicher dachte sie an Kerstin und Judith. Kerstin hatte ein Jahr zuvor auch mit solcher Freude den ersten Schnee begrüßt.

Die Streichhölzer gingen aus. Großvaters Feuerzeug war schon längst leer, sogar der Feuerstein war abgenutzt. Von nun an mußten wir auch über Nacht das Feuer in Gang halten – wenigstens so, daß wir am nächsten Morgen noch einen Holzspan an der Glut entzünden konnten. Fast jeden Tag klopfte jemand an die Tür: »Haben Sie ein bißchen Glut für mich, Frau Bennewitz?«

Aber manchmal waren wir so müde, daß wir das Nachlegen verschliefen. Dann war am nächsten Morgen der Herd kalt, und ich mußte in der Nachbarschaft nach Glut fragen gehen. Feuer war jetzt das Allerwichtigste außer Essen.

Essen? Hätte man uns früher solche Notgerichte vorgesetzt, hätten wir uns geweigert, davon zu essen. Wie oft hatte unser Vater nach Urlaubsreisen Bekannten erzählt: »Die Lage des Hotels war optimal – direkt am Strand. Aber das Essen! Der reinste Fraß.« Dabei waren die Schnitzel nur ein bißchen zäh und die Suppen zu übertrieben mit Knoblauch gewürzt gewesen. Auf dieses Hotelessen hätten wir uns jetzt mit Heißhunger gestürzt und hätten es köstlich gefunden, auch wenn uns Tintenfisch mit Marmelade serviert worden wäre!

Jetzt gab es fast jeden Tag Steckrüben und Kartoffeln, mittags und abends. Und morgens aßen wir einen Brei aus Getreidekörnern, die die Mutter durch Großmutters Kaffeemühle gedreht hatte – ohne Milch und Zucker, nur in Wasser aufgekocht. Und sogar mit dem Salz mußten wir sparen. Schon wurde es knapp in der Stadt und stand bei Tauschgeschäften hoch im Wert. Längst salzten wir mit Viehsalz. Das Essen schmeckte schal. Trotzdem aßen wir alles, was eßbar war.

Nie werde ich den ersten Weihnachtsabend nach dem Bombentag vergessen: Zur Feier des Tages hatte die Mutter die Tür zur guten Stube aufgemacht. Die war fast dunkel, denn wir hatten nun, im Winter, die Fensterlöcher mit Brettern zugenagelt und die Ritzen mit Heu und Stroh verstopft. Es dauerte lange, bis der große Raum so warm wurde, daß man darin sitzen konnte, ohne zu frieren. Die Mutter gab eine Kerze aus Großmutters Vorrat heraus, eine kleine rote Kerze, die vom letzten Fest übriggeblieben war. Die stellte sie auf den Tisch, in einen Kranz aus Fichtenzweigen, und zündete sie an. Wir saßen im Kreis und starrten in das ungewohnte Licht. An gewöhnlichen Abenden konnten wir uns ja nur den Feuerschein aus dem Herd erlauben und gingen schon um sieben oder acht Uhr zu Bett. Was für ein wunderbares Licht, diese Kerzenflamme! Wir schauten ihrem Geflacker zu und lauschten andächtig dem Geklimper der Spieluhren, die die Mutter aus Großmutters Kommode geholt hatte. Sie zog eine nach der anderen auf, zuletzt die neue, die wir der Großmutter am Bombentag hatten mitbringen wollen: *O sole mio.* Jens staunte, und dann spielte er mit seinen Geschenken: dem saubergewaschenen Teddybär aus dem Hospital und dem Hampelmann, den ihm die Mutter aus alten Wollresten gehäkelt hatte. Vater hatte ihm einen Kreisel geschnitzt. Jens war überglücklich.

Wir anderen aber mußten an Kerstin und Judith und Silke und die Großeltern denken. Als der Vater sah, daß die Mutter weinte, griff er nach ihrer Hand und hielt sie fest. Da legte ich meinen Kopf auf ihren Schoß, so wie früher, als ich noch klein gewesen war, und weinte auch. Aber ich weinte unter der Tischplatte, damit mich Jens nicht sah. Für ihn sollte es ein schönes Fest sein.

Als die Kerze heruntergebrannt war, gab es echte Bratkartoffeln mit dem letzten Rest Speck, der von dem Mann an der Zonengrenze stammte, danach für jeden eine Schale Kompott, das die Großmutter noch selber eingemacht hatte. Erdbeerkompott. Auf dem Einmachglas stand noch das Datum: elf Tage vor dem Bombentag.

Es wurde kein besonders kalter Winter. Aber für die, die nicht genug Brennholz gesammelt oder kein Dach über dem Kopf hatten, für alle die Obdachlosen, die sich über die Landstraßen schleppten, wurde er hart genug, vor allem für die Kinder unter ihnen – verwaiste, verlorengegangene Kinder, armselig, verwahrlost. Viele von ihnen besaßen keine Schuhe mehr. Manche hatten sich Lumpen um die Beine gewickelt, andere liefen sogar barfuß, mit Füßen voller Frostbeulen.

Klopfte eins an unsere Tür, gab ihm die Mutter einen Teller voll Steckrübensuppe. Klopfte es abends, ließ sie es in der Küche vor dem Herd schlafen. Aber am nächsten Morgen, wenn sie es wieder vor die Tür schob, gab es oft herzzerreißende Szenen. Es wollte nicht wieder fort, wollte bei Wärme und Suppe bleiben, wo es eine Nacht lang wieder ein Zuhause gehabt hatte.

Aber die Mutter blieb unerbittlich.

»Ich darf mir jetzt nicht mehr aufladen, als ich schaffen kann«, sagte sie. »Lasse ich so ein armes Würmchen erst ein paar Tage bei uns sein, hänge ich auch schon an ihm. Dann bringe ich's nicht mehr fertig, es wieder vor die Tür zu setzen.«

Der Vater gab ihr recht.

»Wenn man überleben will«, sagte er einmal, »muß man in solchen Zeiten sein Herz ohrfeigen. Denn was taugt die christliche Nächstenliebe, wenn sie einen umbringt?«

Im Keller des Schlosses hatten sich einige von den Bettelkindern eingenistet. Die ältesten waren vielleicht vierzehn, die jüngsten nicht mehr als zwei oder drei Jahre alt. Zwei große Mädchen waren die Anführerinnen. Manchmal schlich ich mich am Schloß vorbei und spähte zu ihnen hinüber. Sie witterten immer gleich Feindseligkeiten, wenn man stehenblieb und schaute.

»Hau ab, du blöder Affe«, riefen sie mir zu, »oder wir verdreschen dich!«

Ich bin sicher, daß sie's getan hätten, wenn ich nicht gegangen wäre. Sie hielten fest zusammen. Dabei waren mehrere Krüppel unter ihnen. Einem Achtjährigen, den sie Kille nannten, fehlten das linke Auge und der linke Arm. Ein rothaariger Robert zog sein rechtes Bein nach. Auf dem Rücken schleppte er einen Ranzen herum, den er fast nie ablegte. Grischa, fünf oder sechs, hatte das Gesicht voller Narben.

Ihn und ein paar andere Kinder kannte ich noch aus der Zeit, als sich Mutter und Judith um die Kinder im Schloß gekümmert hatten. Einen, der keine Beine mehr besaß und den sie Andreas nannten, schoben sie in einem alten Kinderwagen herum. Es war schwer, sein Alter zu schätzen, aber nach seinem Gesicht und seiner Stimme zu urteilen, war er mindestens vierzehn. Einmal beobachtete ich ihn, wie er sich von ein paar Kleineren rund um das Schloß schieben ließ und mit großen Blockbuchstaben an alle vier Wände schrieb:

VERFLUCHTE ELTERN!

Er schrieb mit Holzkohle auf die hellen Mauern. Schon von weitem konnte man es lesen.

Da gab es auch ein blindes Mädchen, nicht älter als acht oder neun. Es wurde immer von einem anderen, etwas jüngeren Mädchen geführt, das kein Gesicht mehr besaß. Die Nase war nur noch ein Stummel. Durch ein großes Loch in der Wange konnte man die Zähne sehen. Die andere Wange wie auch die Stirn waren zerfurcht von tiefen Narben. Einer, der Flauschi gerufen wurde, schien nicht ganz normal zu sein. Ab und zu begann er, ohne ersichtlichen Grund entsetzlich zu schreien, und klammerte sich an das nächstbeste Kind. Dann kam meistens die Gesichtslose gelaufen, streichelte ihn, drückte ihn und blieb bei ihm, bis er sich wieder beruhigt hatte.

Ich erinnere mich auch noch an drei kleine Kinder, von denen ich nie erfuhr, ob es Jungen oder Mädchen gewesen sind. Sie waren alle drei blondlockig und zart. Auf den ersten Blick schien ihnen nichts zu fehlen. Aber mit der Zeit bekam ich heraus, daß sie taub waren. Das älteste taumelte beim Gehen. Ich erzählte meiner Mutter von ihnen.

»Wahrscheinlich ist ihnen das Trommelfell geplatzt«, meinte sie. »Und dem ältesten wird das Ohrinnere verletzt worden sein. Arme Dinger.«

Am liebsten aber sah ich den zwei ältesten Mädchen zu. Sie hießen beide Nicole. Sie hatten schon Busen, aber noch Kindergesichter. Die eine hatte eine kaffeefarbene Haut und schwarze Augen. Vielleicht war sie einmal aus einem fremden Land adoptiert worden. Sie hatte eine knallrote Narbe quer über der Stirn, die sie mit ihrem langen, glatten, schwarzen Haar zu verstecken versuchte. Die andere Nicole hatte Sommersprossen und eine ganz weiße Haut. Auf ihrem Kopf sproß ein junger, weißblonder Flaum. Ihr fehlte ein Daumen.

Den beiden Nicoles begegnete ich überall in der Stadt. Sie waren unermüdlich unterwegs, um für »ihre« Kinder Essen zusammenzubetteln. Wer ihnen nichts gab, dem spuckten sie vor die Füße und zischten: »Die Strahlenkrankheit soll dich treffen, du mieses Schwein!« oder ähnliches. Viele steckten ihnen aus purer Angst eine gekochte Kartoffel oder eine Möhre zu.

Was die Nicoles tagsüber für ihre Kinder nicht bekamen, stahlen sie nachts. Einmal biß die schwarze Nicole Frau Lipinski in die Hand. Die hatte sie spät abends in ihrem Keller dabei überrascht, wie sie gerade eine sorgsam gehütete Hartwurst stehlen wollte. Die Lipinskis waren bekannt für ihren Egoismus. Sie gaben keine Glut ab, keinem Bettler was zu essen, halfen nie beim Schuttkarren. Ihr Keller sollte noch voller Eßvorräte gestapelt sein. Nicole entkam mit der Wurst. Als kurz darauf Herr Lipinski wütend in den Schloßkeller gestürzt kam, war die Wurst schon weg – von den Kindern in aller Hast aufgegessen. Die Kleinsten auf den Schößen der Nicoles kauten noch daran. Was sollte er tun, als umkehren? Er konnte ihnen ja die Wurst nicht wieder aus den Mägen holen.

»Wenn ich euch in der Stadt erwische«, rief er den Mädchen zu, »bringe ich euch um, egal, ob ihr Kinder oder Erwachsene seid!«

»Tu's doch, du Arschloch«, sagte die Helle. »Dann bist du aber dran schuld, wenn dieser Haufen Kinder verhungert, um den ihr fiesen Geizkragen euch nicht kümmert!«

»Schweinehunde!« rief ihm der Junge ohne Beine nach. »Ihr seid an der Bombe schuld! Euch war's ja egal, was mit euren Kindern geschieht. Hauptsache, ihr hattet ein bequemes Leben. Jetzt habt ihr's, und ihr habt's verdient. Aber uns habt ihr mit ins Verderben gerissen! Verrecken sollt ihr!«

Empört erzählte das Frau Lipinski jedem, dem sie begegnete.

Sie wurden wirklich zur Stadtplage, die Nicoles mit ihrer Horde. Aber seitdem ich ihnen einmal zugesehen hatte, wie sie ihre Beute unter die Kleinen verteilt und die Kleinsten auf den Schoß genommen und mit ihnen geschmust hatten, bewunderte ich sie heimlich und hielt zu ihnen. Und ich war nicht der einzige in Schewenborn, der sie verteidigte.

Eines Morgens fand man die Schwarze mit eingeschlagener Stirn neben dem Haus der Lipinskis. Herr Lipinski brüstete sich sogar noch damit, das Kind erschlagen zu haben.

»Die klaut keine Wurst mehr«, sagte er. »Jetzt noch die andere Schakalin, dann hat die Stadt Ruhe.«

Aber in der nächsten Nacht rottete sich die halbe Stadt vor Lipinskis Haus zusammen, drang in den Keller ein und räumte ihn aus. Lipinski erlitt einen Schlaganfall und blieb gelähmt. Das tat niemandem leid. Man sprach von Gerechtigkeit.

Ich war auch dabei, als der Keller ausgeräumt wurde. Ich

holte zwei Speckseiten und zwei Würste heraus. Eine Wurst wurde mir wieder entrissen. Was mir blieb, trug ich nicht heim, sondern ins Schloß. Dort kauerten die Kinder um die tote Nicole, die sie heimgetragen hatten. Sie war steif gefroren. Ihre Arme waren wie zum Schutz erhoben, ihre Augen standen weit offen. Ich legte Wurst und Speckseiten auf die Kellertreppe und lief wieder weg.

Ich weiß nicht, wo sie sie begruben und ob sie sie überhaupt begruben. Wie hätten sie denn mitten im Winter ohne Hacken und Spaten eine Grube ausheben können?

Die helle Nicole starb gegen Ende Dezember, wahrscheinlich an Erschöpfung. Kurz danach fand ich die drei Tauben erfroren in einer Ecke des Schloßkellers unter Andreas' großen Buchstaben. Die übrigen Kinder streunten noch eine Zeitlang durch die Stadt. Ein paar von ihnen hatten Glück, sie fanden jemanden, der sie bei sich wohnen ließ. Die anderen verloren sich nach und nach, einige erfroren, die meisten verhungerten.

Es war nur ein paar Tage nach dem Tod der hellen Nicole, als ich Andreas' Kinderwagen im Schnee unter einem Baum im Schloßpark stehen sah. Es schneite in dicken Flocken. Es schneite auch in den Wagen. Ich glaubte, Andreas säße erfroren darin. Aber er lebte noch. Er hatte mit seinen rotgeschwollenen Händen seine Decke in Streifen gerissen und zu einem dicken Strick geflochten. Als er mich kommen sah, versteckte er ihn hastig und starrte mich gehässig an. Er hatte ein kluges Gesicht. Mir fielen seine langen Wimpern auf.

»Du kannst doch hier nicht stehenbleiben«, sagte ich.

»Ich mach ja schon, daß ich wegkomme«, sagte er finster. »Es geht nur nicht so schnell, weil die Hände so steif sind.«

»Soll ich dich irgendwohin fahren?« fragte ich. »Nur – nach Hause kann ich dich nicht mitnehmen. Das erlauben meine Eltern nicht.«

»Nein«, sagte er, »ich würde nicht zu euch heimwollen, auch

wenn ihr mich haben wolltet. Jetzt nicht mehr. Wenn du mir helfen willst, dann los! Aber frag nicht. Wirf den Strick da über den Ast.«

Er zog den Strick hervor und hob ihn hoch. Es war ein langer Strick. Es mußte viel Zeit gekostet haben, ihn zu reißen und zu flechten. Ich warf ihn über den Ast und gab Andreas die beiden Enden in die Hände. Er reckte sich und knüpfte eine Schlinge. Ich versuchte herauszufinden, was er vorhatte. Das begriff ich erst, als er seinen Kopf durch die Schlinge steckte.

»Du bist ja verrückt!« rief ich und zog ihm die Schlinge vom Kopf.

Da begann er, zu bitten und zu betteln. Ich stand neben seinem Wagen, steckte die kalten Hände in die Hosentaschen, klemmte den Eimer, in den ich sauberen Schnee zum Wäschewaschen hatte sammeln sollen, zwischen die Beine und sah Andreas nicht an. Es schneite mir am Nacken in den Kragen.

»Mir hat's am Bombentag die Beine abgeschlagen«, sagte er. »Die ganze übrige Familie war gleich tot. Ich hatte das Pech, daß ich nicht verblutet bin. Die Nicole, die blonde, hat mich vorher schon gekannt. Sie hat zwei Häuser weiter gewohnt. Sie hat mich verbunden, so gut sie konnte. Sie hat mich in den Kinderwagen ihrer toten Schwester gesetzt und bis hierher geschoben. Ohne sie bin ich verloren. Wer will mich schon pflegen?«

»Ja«, sagte ich, »das stimmt.«

»Soll ich warten, bis ich verhungert bin?« fragte er. »Schon seit drei Tagen habe ich nichts mehr gegessen, nur Schnee geleckt. Tu's doch. Die Schuld nehm ich auf mich. Du brauchst mir ja nur den Wagen unterm Hintern wegzuschieben.«

Ich dachte nach. Ich kaute auf der Unterlippe und überlegte, ob ich davonrennen sollte. Aber das wäre die allermieseste Art gewesen, mich vor dieser Entscheidung zu drücken. So versuchte ich, sie hinauszuzögern.

»Glaubst du, man trifft seine Leute nach dem Tod wieder?« fragte ich.

»Meine Eltern?« fragte er finster. »Ich will sie nicht wiedersehen. Zum Teufel mit ihnen und ihrer ganzen Generation. Sie hätten das alles verhindern können. Sie haben es kommen sehen. Sie haben untätig zugeschaut. Sie haben nicht versucht, uns vor dem Untergang zu beschützen. Warum haben sie uns überhaupt gezeugt, wenn ihnen so wenig an uns lag?«

Die Schlinge pendelte zwischen ihm und mir. Schneeflocken setzten sich darauf.

»Ich sitze in meinem Dreck«, sagte er. »Ich bin schon ganz wund. Sie hat mich saubergehalten und hat mir zu essen gebracht. Sie ist nicht mehr da. Kannst du dir nicht vorstellen, daß ich fort möchte aus diesem Elend? Das ist kein Leben mehr. Bitte!«

Er griff wieder nach der Schlinge. Diesmal riß ich sie ihm nicht aus der Hand. Er bedankte sich und legte sie sich um den Hals.

»Fertig«, sagte er. »Du mußt aber fest treten, hörst du?«

Ich schluckte. Dann trat ich mit aller Gewalt gegen den Wagen, daß er fortschoß, und rannte davon. Erst am Ende des Parks schaute ich mich um. Da pendelte Andreas noch.

Ein paar Stunden später ging ich wieder hin und machte ihn ab. Er war ganz verschneit. Den Kinderwagen hatte noch niemand entdeckt und weggeholt, denn er war umgekippt und lag unter Neuschnee. Man sah nur den kleinen Hügel. Ich legte Andreas in den Wagen. Er war ja nicht schwer, so mager und ohne Beine. Ich schob den Wagen bis in den Wald auf der anderen Seite der Stadt. Unterwegs traf ich die Frau Kernmeyer. Sie war mit Holz beladen. Sie fragte mich, was ich im Wagen habe. Ich sagte, es sei Müll. Gott sei Dank schaute sie nicht unter das Dach. Dann hätte sie mich sicher gefragt, warum ich mir um einen fremden Toten so eine Mühe machte.

Ich schob Andreas bis in den alten, zugewachsenen Steinbruch, in dem ich in den Ferien immer gespielt hatte. Durch Zufall hatte ich dort einmal eine kleine Höhle entdeckt. Sie lag so versteckt, daß sie kein anderes Kind bisher gefunden hatte.

Ihr Eingang führte durch einen hohlen Baum. Sie lag zwischen den Wurzeln und war so niedrig, daß ich nur darin kauern und kaum die Arme ausstrecken konnte. Diese Höhle brauchte ich ja nun nicht mehr. Ich konnte mir nicht vorstellen, daß ich jemals wieder hier spielen würde. Und so hab ich den Schnee über dem Eingang weggescharrt und den Andreas da hineingeschoben. Die Höhle war gerade groß genug, daß er ausgestreckt darin liegen konnte. Vor das Eingangsloch legte ich einen großen flachen Stein. Der kostete mich viel Mühe, bis ich ihn vom Boden loshatte. Es war ein kalter Tag.

Den Kinderwagen wollte ich erst über den Hang in den Steinbruch hinunterstoßen, aber dann fiel mir das Geschwisterchen ein, das ich bekommen sollte, und da schob ich ihn heim. Nur die schmutzige Matratze schleuderte ich in den Steinbruch. Darauf sollte das Neue nicht liegen. Darauf nicht!

Daheim erzählte ich, daß ich den Wagen im Schloßpark gefunden hätte. Das war ja nicht gelogen. Die Mutter war hingerissen. Sie machte sich gleich daran, ihn zu säubern und auszustatten. Tagelang nervte sie den Vater und mich, indem sie uns die Fortschritte ihrer Näharbeiten vorführte: eine Matratze aus einer halbverbrannten Steppdecke, die noch aus Großmutters Dachbodengerümpel stammte, ein Deckbettchen aus einem von Großmutters Daunenkopfkissen, mit einem Bezug aus weißem Damast, der noch Großmutters Monogramm trug.

»Ist es nicht süß?« fragte sie immer wieder und wollte gelobt sein. Vater und ich warfen uns Blicke zu, aber wir taten natürlich begeistert. Wir waren ja froh, daß sie wieder munterer wurde und nicht immerzu nur an die Toten und die gute alte Zeit dachte.

9

Im Januar begann die dritte Sterbewelle in Schewenborn. Diesmal starben die Schewenborner nicht an einer Seuche, sondern vor Hunger. Nur wenige von den Hunden, die es noch in der Stadt gab, überlebten diesen Winter. Es gab niemanden mehr, den es vor Hundefleisch ekelte.

Manche Leute aber drehten durch, zum Beispiel der junge Dreesen. Den ganzen Sommer und Herbst über hatte er seinen roten Sportwagen gepflegt und geputzt. Der war weder ausgebrannt noch von Trümmern zerdrückt worden, und die Garage stand auch noch. Wenn die Leute den Dreesen fragten: »Was soll das? Du kannst ja doch nicht mehr fahren«, hatte er nur gelacht. Seit dem Bombentag hatte er – wenn er nicht beim Verbrennen der Toten half – mit einer Schubkarre Schutt aus den Straßen geräumt: aus der Fuldaer Straße, der Hintergasse, dem Mauerweg und bei uns am Südtor. Die Leute hatten ihn gelobt, und viele hatten ihm geholfen. Wir am Südtor konnten schon seit Weihnachten über den Mauerweg hinauf in die Hintergasse gehen, von dort in die Kurve der Fuldaer Straße einbiegen und auf ihr wieder hinunter ans Südtor zurückkommen, ohne über Trümmer klettern zu müssen. Das hatten wir dem Dreesen zu verdanken.

Jetzt, im Januar, bekamen die Schewenborner etwas Merkwürdiges zu sehen und zu hören: Dreesen fuhr an einem sonnigen Sonntag, als kaum Schnee lag, seinen blankgewienerten Wagen aus der Garage, stellte seinen Kassettenrecorder im Wagen auf höchste Lautstärke und fuhr die vier Straßen, die er freigeräumt hatte, immer rundherum, rundherum, stundenlang. Seine Eltern wollten ihn anhalten, wollten ihn beruhigen, aber er fuhr sie fast um. Er hörte nichts. Er fuhr und fuhr, und immer so schnell, daß er gerade noch um die Ecken kam. Die Musik aus seinem Recorder hallte durch die ganze Stadt. Wer nicht schon am Sterben war, schleppte sich an die Rennstrecke. Ein Auto! Musik! Es war wie früher, wie vor dem Bombentag. Manche weinten. Und Jens staunte. Er konnte sich an kein fahrendes Auto erinnern. Für ihn war der rote Sportwagen ein Wunder.

Meiner Mutter aber setzte die Musik zu. Sie war schon immer verrückt nach Musik gewesen, aber nach klassischer. Schubert war ihr Lieblingskomponist. Sie hatte dieses »Pop-Gequäke« gehaßt. Jetzt trieben ihr Dreesens Songs, die lauter und leiser wurden, je nachdem, wo der Wagen gerade war, die Tränen in die Augen. Alle die alten, vertrauten, abgedroschenen Melodien: DSCHINGIS KHAN und DON'T CRY, ARGENTINA und EIN BISSCHEN FRIEDEN und viele andere, und immer noch einmal von vorn, und niemand wollte ein Lied versäumen, auch wenn er Hände und Füße vor Kälte nicht mehr spürte.

Als das Benzin fast alle war, bog Dreesen aus der Fuldaer Straße nicht mehr ins Südtor ein, sondern fuhr geradeaus weiter, mit Vollgas in den Trümmerhaufen hinein, der die ganze Straßenbreite bis zur Höhe des ersten Stocks ausfüllte und der noch jetzt da liegt und wohl immer da liegenbleiben wird. Aus Dreesens schönem Wagen schoß eine Stichflamme. Dreesen verbrannte in seinem Wagen. Das hatte er wohl auch vorgehabt. Aus dem brennenden Auto war noch ein paar Sekunden lang die Musik zu hören, bis sie mit einem komischen Seufzer verstummte.

Die Schewenborner umringten den Wagen und wärmten sich an ihm und trugen Glut heim. Noch tagelang sprach man in der Stadt – wenn man überhaupt sprach – über nichts anderes als das Auto und die Musik.

»Ein schöner Tod«, sagte mein Vater. »Ein klassischer Tod für einen Autofan.«

Auch meine Mutter konnte nicht mehr klar denken. Sie wollte plötzlich fort aus Schewenborn. Sie fing immer wieder davon an.

»Aber wo sollen wir denn hin?« fragte mein Vater. »Noch dazu jetzt im Winter?«

»Wohin?« rief meine Mutter hitzig. »Natürlich nach Bonames!«

»Ich glaube, du spinnst«, sagte der Vater ärgerlich. »Bonames ist ein Teil von Frankfurt, und Frankfurt ist weg. Kannst du das nicht begreifen, Inge?«

»Bonames liegt ein ganzes Stück außerhalb«, sagte die Mutter. »Und unsere Straße liegt mit der Frontseite nicht zum Stadtzentrum hin. Wir haben eine Eigentumswohnung, Klaus. Sie gehört uns! Die kann man doch nicht so einfach aufgeben! Irene Kellermann ist zuverlässig, die hat auf sie aufgepaßt wie ein Wachhund!«

»Aber Inge –«, sagte der Vater.

»Dort haben wir den Keller voller Vorräte, dort haben wir alle unsere Wintersachen, dort gibt es sicher schon längst wieder Strom und Wasser –«

»Inge«, rief der Vater und schüttelte sie, »komm doch zu dir! Du träumst. Willst du das Neue in einem Aschenhaufen zur Welt bringen?«

»Soll es etwa hier zur Welt kommen, wo wir entweder im Dunkeln ersticken oder im Hellen erfrieren? Wo wir am Verhungern sind? Wo wir nur Trümmer sehen, wenn wir aus der Haustür schauen? Wo es nach Aas und verbranntem Menschenfleisch stinkt? Ist das die Welt, die wir dem Neugeborenen bieten wollen?«

»Es gibt wahrscheinlich nirgends mehr in Europa eine Welt, die man einem Neugeborenen guten Gewissens bieten könnte«, sagte der Vater. »Aber hier wissen wir, was wir haben: ein Dach über dem Kopf, Großvaters und Großmutters vollen Kleiderschrank, einen Herd und Holz zum Heizen. Begreifst du nicht, daß wir noch unglaublich gut dran sind im Vergleich zu den meisten anderen? Wenn du es schaffst, das Neue während der ersten Monate zu stillen, hätte es durchaus Chancen zu überleben.«

»Wie soll ich stillen können, so mager, wie ich bin?« rief sie. »Schon bei Kerstin habe ich nach drei Wochen zufüttern müssen.«

»Damals hast du dich gegen das Stillen gewehrt, wegen der Figur. Jetzt aber geht's ums Ganze. Du *mußt* stillen! Du mußt mehr essen. Und du mußt alles viel positiver sehen.«

»Kernmeyers haben noch Milchpulver«, sagte ich. »Für eine Säge oder eine Axt gäben sie vielleicht was her –«

»Was nutzt mir Milchpulver?« fragte die Mutter. »Hoffnung brauche ich. Ohne Hoffnung kommt das Kind gar nicht erst lebendig auf die Welt. In Bonames wird sicher schon wieder einigermaßen Ordnung herrschen. In so einer dichtbesiedelten Gegend wie dem Rhein-Main-Gebiet *muß* man Ordnung in das Chaos bringen können. Dort gibt es sicher fähige Leute, die Unmögliches möglich machen. Und wenn's nur ein Viertelliter Milch pro Tag und Person gibt und wenn man nur fünfhundert Gramm Brot pro Woche bekommt – man kann dann wenigstens mit einem festen Minimum rechnen, so wie damals nach dem Zweiten Weltkrieg. Unsere Eltern haben uns doch oft genug davon erzählt, so oft, daß ich's gar nicht mehr hören wollte. Wenn's auch lächerliche Mengen sind – aber man hat ein Recht darauf, verstehst du, was das heißt? Hier dagegen lauert nur jeder darauf, wie er dem anderen etwas wegnehmen kann. Rund um die Uhr muß man Mißtrauen haben!«

»Nicht nur hier«, sagte der Vater müde. »So wird es überall sein, wo noch jemand überlebt hat.«

»Aber das halte ich nicht aus!« rief die Mutter. »Daran gehe ich kaputt! Und das Kind mit mir, Klaus. Laß uns nach Bonames zurückkehren, bitte – bevor wir hier zugrunde gehen –«

Tagelang bettelte sie, und tagelang suchte der Vater nach neuen Argumenten, um sie zu überzeugen. Aber sie hörte ihm gar nicht mehr richtig zu.

»Kein Mensch weiß genau, ob Frankfurt weg ist«, sagte sie. »Was wir gehört haben, ist doch nichts Offizielles. Alles Gerüchte. In solchen Elendszeiten werden in den Gerüchten alle Katastrophen zu immer noch schrecklicheren Katastrophen aufgebauscht. Das haben schon meine Eltern im letzten Krieg erfahren.«

»Um diese Katastrophe noch mehr aufzubauschen«, antwortete ihr der Vater, »reicht die menschliche Phantasie nicht aus.«

»Hast du eine Ahnung!« rief sie. »Der Mensch ist zu allem fähig!«

»Das stimmt«, seufzte er.

»Also gibst du zu, daß Frankfurt noch stehen könnte?«

»Nein«, sagte er. »Nicht Frankfurt und nicht Bonames.«

»Beweis mir das!« rief sie empört. »Erst dann geb ich Ruhe.«

Das konnte er natürlich nicht. Sie ließ sich nicht einmal überzeugen, als der Vater einen Mann aus Frankfurt-Praunheim mit heimbrachte, der nach Schewenborn gekommen war, um bei Verwandten nach Schmalz und Kartoffeln zu fragen. Der war nach dem Bombentag zu Fuß aus dem Urlaub im Odenwald nach Frankfurt zurückgekehrt, zusammen mit seiner Frau. Aber die war inzwischen an Typhus gestorben. Er berichtete, daß Frankfurt weg sei – einfach ganz und gar weg. Praunheim auch. Das ganze Rhein-Main-Gebiet bis hinunter nach Darmstadt und hinüber nach Mainz sei eine einzige Aschenwüste.

Die Mutter blieb einsilbig, solange er da war. Der Vater schenkte ihm ein paar Kartoffeln, für die sich der Mann überschwenglich bedankte. Dann ging er wieder. Er humpelte. Um die Füße und Waden hatte er sich Säcke gebunden. Er sah aus wie ein alter Mann. Er hatte erwähnt, er sei sechsunddreißig.

Sobald er fort war, sagte der Vater zur Mutter: »Jetzt hast du's also von einem Zeugen gehört.«

»Gar nichts habe ich gehört!« fuhr sie auf. »Woher wissen wir, ob er die Wahrheit sagt? Kennst du diesen Mann? Bist du sicher, daß er aus Praunheim ist? Er hat erzählt, was du hören wolltest. Ihm ging's doch nur um die Kartoffeln!«

Zum Hunger kam eine Grippe. Sie ging in der ganzen Gegend um, soweit man erfahren konnte. Gesunden und Satten hätte sie nicht viel anhaben können, aber den Halbverhungerten wurde sie zum Verhängnis. Wieder wurden Tote verbrannt, denn die Erde war gefroren, und es hätten mehrere Gruben gegraben werden müssen, wenn man alle hätte bestatten wollen. Die ganze Stadt stank wieder nach verbranntem Haar, verbranntem Fleisch.

Als die Mutter von dieser Grippe erfuhr, die wir ihr lange verheimlicht hatten, geriet sie in Panik.

»Nicht *noch* jemanden!« jammerte sie. »Nicht den Roland, nicht den Jens! Und schon gar nicht das Neue –!«

Sie wurde halb wahnsinnig vor Angst, wollte kein Wasser mehr trinken, keine Klinke mehr berühren, nichts mehr essen. Sie wollte fort, nur fort aus Schewenborn, weg von der Grippe, weg von der Gefahr.

»Inge«, sagte der Vater verzweifelt, »du treibst uns alle ins Verderben, und dich mit.«

»Du bist verwirrt«, sagte sie mit Tränen in den Augen. »Du kannst nicht mehr klar denken. Ich will uns doch retten. Ihr seid gerettet, wenn ihr mitkommt!«

Der Vater ließ sich auf das Sofa fallen und vergrub das Gesicht in den Händen.

10

Am nächsten Morgen, als ich in die Küche kam, stand meine Mutter in Großmutters Wintermantel über den Kinderwagen gebeugt und kramte darin herum. Sie hatte ihre alten Wanderschuhe an, und auf dem Küchentisch stand unser Koffer weit aufgeklappt. Der zweite Koffer stand bereits vollgepackt und geschlossen neben der Tür. Jens war auch schon dick eingemummelt. Er hüpfte vor Erwartung und Aufregung. Und das Feuer im Herd war aus.

»Vati!« rief ich entsetzt. »Komm schnell –«

Der Vater kam mit verquollenen Augen in die Küche gestürzt.

»Nein«, schrie er, »wir bleiben hier!«

»Dann bleib *du* hier«, sagte die Mutter ruhig.

»Die Kinder bleiben auch hier!«

»Dann geh ich eben allein«, sagte sie mit einem spöttischen Lächeln. »Allein mit dem Neuen. Du kannst mich nicht halten.«

Nein, wir konnten sie nicht halten. Und so zogen wir zwei Stunden später alle zusammen los. Ich wollte meine ledernen Kniebundhosen anziehen, die ich am Bombentag angehabt hatte. Aber sie paßten mir nicht mehr. Sie waren mir zu kurz geworden. Vaters Hosen waren mir aber noch zu groß. So zog ich Großvaters Hosen an, mit Hosenträgern, weil sie mir zu weit waren.

Der Vater hatte die beiden Koffer samt unseren Schlafsäcken auf den Fahrradanhänger geschnürt und auf den Gepäckträger des Fahrrads eine pralle Reisetasche gebunden. Vater und ich trugen Rucksäcke voll Kartoffeln, Äpfeln, Pilzen, Möhren und Steckrüben. Ich schob das Fahrrad, er den Kinderwagen. In dem saß Jens, der bald zu quengeln anfing, denn quer über seinen Beinen lag noch ein kleiner Koffer, gefüllt mit Babywäsche, die die Mutter während des Winters aus Großmutters Stoff- und Garnvorräten genäht, gestrickt und gehäkelt hatte. Nur die Mutter trug nichts außer einer Schultertasche mit unseren Papieren und dem Geld, das wir noch besaßen.

»Warum nimmst du das Geld mit?« hatte mein Vater gefragt.

»In Bonames kann man sicher schon wieder etwas damit anfangen«, hatte sie gemeint.

Da hatte er sie gewähren lassen und nur den Kopf geschüttelt.

Frau Kramer stand mit ihrem Pflegekind an unserer Tür, als wir fortgingen. Der Vater hatte sie gebeten, in das Haus unserer Großeltern zu ziehen und es zu hüten.

»Nur so lange wir weg sind«, hatte er immer wieder betont, »damit sich keine Obdachlosen hier einnisten oder das Haus ausplündern.«

Frau Kramer hatte den Winter über mit Mackenhäusers, bei denen sie untergekommen war, in einem Raum hausen müssen. Mit denen hatte sie dauernd Streit gehabt, vor allem wegen des Kindes. Kein Wunder, daß sie jetzt überglücklich war, in unser Haus ziehen zu können. Da gab es einen Herd und Holz und noch ein paar Kartoffeln und Rüben im Keller. Sie tat zwar, als bräche ihr beim Abschied das Herz, aber ihre Freude konnte sie kaum verbergen.

Ich traute ihr nicht.

»Warum hast du *mich* nicht das Haus hüten lassen?« fragte ich den Vater, als wir nach mühsamen Kraxeleien über Trümmerhaufen endlich die Straße nach Lanthen hinaufkeuchten.

»Darüber habe ich auch nachgedacht«, antwortete er. »Aber es wäre mit dem Gepäck schwierig geworden. Und es ist besser, wenn wir zusammenbleiben, egal, was kommt. Wir haben ja niemanden mehr als uns.«

Trotz unseres Gepäcks kamen wir schneller voran als die Mutter. Die hatte schon einen starken Leib. Es fehlten ja nur noch zwei Monate. Ende März, Anfang April sollte das Neue zur Welt kommen. Sie keuchte hinter uns den Hang herauf.

»Was für ein Wahnsinn, was für ein Wahnsinn«, stöhnte der Vater so leise, daß sie es nicht hören konnte.

»Was glaubst du, wann wir wiederkommen?« fragte ich ihn ebenso leise.

»Ich hoffe, daß sie bald umkehren wird. Sie kann das ja nicht durchhalten. Vielleicht in einer Woche, vielleicht auch schon heute.«

Aber er sollte sich täuschen. Sie wanderte weiter, ohne zu klagen. In Gedanken versunken, mit gebeugtem Kopf schritt sie dahin. Manchmal, wenn es Jens im Wagen nicht mehr aushielt, nahm sie ihn an die Hand, ließ ihn mitlaufen und sprach mit ihm. Er war ihr Vertrauter. Ihm erzählte sie von unserer

Wohnung in Bonames. Ihm sagte sie auch, daß das Neue Jessica Marta oder Boris Alfred heißen sollte. Die zweiten Namen waren die von Großmutter und Großvater.

Wir kamen an der Stelle vorbei, wo wir am Bombentag unseren Wagen stehengelassen hatten. Die Fichte lag noch immer quer über der Straße, und unser Wagen stand verschneit neben ihr. Er hatte sogar noch seine Reifen. Wozu hätte sich auch jemand die Mühe machen sollen, sie abzumontieren? Die Türen waren zugefroren.

Ich preßte die Nase an die Scheibe im Fond und hauchte gegen die Eisblumen. Als sie schmolzen, konnte ich ins Innere sehen. Ich erkannte zwei Kinder, die mit hochgezogenen Knien auf dem Rücksitz kauerten, eng aneinandergeschmiegt, das eine den Kopf auf der Schulter des anderen: zwei kleine Mädchen. Ich kannte sie. Es war die Blinde aus dem Schloßkeller und die mit dem kaputten Gesicht, die ich immer mit ihr zusammen gesehen hatte. Sie hatten die Augen geschlossen.

»Da drin schlafen zwei Kinder«, flüsterte ich dem Vater zu. Verwundert schaute er durch das Loch im Eis. Dann sah er mich bekümmert an: »Die schlafen nicht. Die sind tot. Erfroren.«

»Meinst du nicht, wir könnten mit dem Wagen ein Stück weiterkommen?« fragte die Mutter, als sie uns eingeholt hatte. »Wenigstens bis zum nächsten Baum hinter Wietig –?«

»Aber Inge«, sagte der Vater.

»Na gut«, seufzte sie ergeben, »dann wandern wir eben weiter.«

Jens rannte zum Auto und wollte hineingucken. Aber wir setzten ihn schnell in den Kinderwagen und schoben ihn fort.

Auf der vereisten Straße hinter Wietig im Wald rutschte die Mutter zweimal aus. Aber sie hatte Glück, sie fiel beide Male seitwärts in aufgetürmten Schnee. Hinter Lanthen übernachteten wir in einem überdachten Viehunterstand neben einer Koppel.

Ob wir's auch Glück nennen sollten, daß schon am nächsten Tag Tauwetter einsetzte, wußten wir nicht. Es hielt ein paar Tage an. In der ganzen ersten Februarhälfte blieb die Temperatur über dem Gefrierpunkt.

Wir waren bereits zu abgehärtet, um bei solchem Wetter zu erfrieren, auch wenn wir manchmal in offenen Feldscheunen und in feuchten Schlafsäcken übernachteten und in Schuhen, die längst nicht mehr wasserdicht waren, durch Schnee und Schlamm wateten. Wir wunderten uns selbst, wieviel wir aushielten. Noch ein halbes Jahr zuvor wären wir aus Schnupfen und Husten, aus Blasenkatarrhen und Halsentzündungen nicht herausgekommen, wenn wir uns nicht bei einer solchen Wanderung sogar eine Lungen- oder Rippenfellentzündung geholt hätten. Nicht einmal Jens wurde krank.

Nur der Kinderwagen machte uns Schwierigkeiten. Es kostete uns einen ganzen Tag, bis wir für das kaputte Rad ein anderes aufgetrieben hatten – in einer Müllkippe, in der ganze Scharen von Leuten aus den umliegenden Dörfern wühlten.

Wir kamen nur sehr langsam voran. Die Mutter, die früher im Wandern groß gewesen war, konnte nicht mehr schnell gehen. Das Neue war so schwer. Aber das, worauf der Vater und ich so sehr hofften, sagte sie trotzdem nie: »Ich kann nicht mehr. Laßt uns umkehren.«

Der Vater hatte die Route über den Hohen Vogelsberg gewählt. Hier erhoffte er sich noch einigermaßen begehbare Wege, Unterkünfte für die Nächte und hin und wieder einen gastlichen Bauernhof mit einem Becher Milch oder einer Suppe mit ein paar Fettaugen. Aber bald wurde uns klar, daß wir wenig Hilfsbereitschaft begegnen würden. Denn nun, nachdem wir Schewenborn verlassen hatten, gehörten wir zu den Fremden, den Obdachlosen, den Bettlern, die durchs Land zogen. Wenn wir uns einem Haus näherten, schlossen sich die Türen, fingen Hunde an zu bellen, fiel unser Blick auf selbstgemalte Schilder:

BETTELN ZWECKLOS, HABEN SELBER NICHTS!

Ein paar Ortschaften hatten sich mit Stacheldraht umzäunt. Wachen standen an den Toren.

»Bleibt weg«, riefen die schon von weitem. »Hier kommt keiner rein. Ihr habt uns den Typhus und die Ruhr eingeschleppt, das hat uns ein Drittel vom Dorf gekostet. Wir wollen keine Seuchen mehr. Wir legen jeden um, der mit Gewalt rein will. Tragt die Seuchen anderswohin, wenn man sie dort haben will. Uns reicht's.«

»Vielleicht haben sie recht«, sagte der Vater. »Unser Pech ist, daß wir jetzt zu denen gehören, die außerhalb vom Zaun stehen.«

Wenn wir nicht so im Elend gesteckt hätten, wäre es sogar ein schönes Wandern gewesen: ganz ohne Autos. Nur manchmal begegnete uns ein Pferde- oder Kuhgespann oder ein Fahrrad. Aber die Leute grüßten nicht mehr. Und das Unglück, dem wir begegneten, deprimierte uns: Hungernde aus den zerstörten Tälern kamen in die Berge, um sattzuwerden. Obdachlose bettelten um ein Zimmer, einen Platz im Heuschuppen. Kinder fragten uns, ob wir ihren Eltern begegnet seien. Kranke, Halbtote, Tote lagen am Straßenrand. Wir sahen bis auf die Knochen Abgemagerte, Krüppel, Wahnsinnige, Stumme, Blinde, Kahlköpfige und immer wieder Menschen mit den entsetzlichsten Brandnarben. Sie kamen uns entgegen, sie kreuzten unseren Weg, sie überholten uns oder wir überholten sie. Wir fragten sie aus, sie fragten uns aus. Man hätte meinen können, alles, was noch am Leben geblieben war, sei unterwegs und zöge planlos durch ganz Deutschland. Aber wir trafen auch Holländer, Tschechen, Belgier und Franzosen.

Manche Leute wollten wissen, es sei immer noch Krieg. Aber wir stießen nirgends auf eine Front, nirgends auf Soldaten. Andere erzählten, der Krieg sei längst vorbei, wieder andere, es habe nie einen Krieg gegeben. Das Ganze sei ein Mißverständnis gewesen.

Aber das zu glauben, weigerte sich mein Vater.

Wir trafen Leute, die schleppten die verrücktesten Dinge

mit, wie zum Beispiel die alte Frau mit der Alabasterfigur im Rucksack und der junge Mann mit dem Surfbrett. Da wurden Ölgemälde, Fernseher und Ladenkassen meilenweit geschleppt, manches zum Tausch angeboten, anderes als Andenken gehegt, wieder anderes als Grundstein für eine Existenz gewertet. Und einem begegneten wir, der hatte die ganze Brust voll Orden hängen, obwohl er unter der Jacke kein Hemd trug und vor Hunger kaum mehr aufrecht gehen konnte.

Die meisten kamen uns entgegen: Leute aus der Wetterau, aus dem Spessart, aus der Alsfelder und Marburger Gegend, ja sogar aus dem Aschaffenburger Raum. Sie alle erzählten von Hunger und Seuchen und der entsetzlichen Strahlenkrankheit, die in den Gebieten rings um Frankfurt und im Kinzigtal, das die Frankfurter Wolke abbekommen hatte, kaum jemanden hatte überleben lassen.

»Und Frankfurt selber?« fragte meine Mutter.

»Gibt's nicht mehr. Auch kein Wiesbaden, kein Rüsselsheim, kein Höchst, kein Hanau und Offenbach. Trümmerhaufen und Asche bis zum Horizont, sonst nichts.«

»Haben Sie das mit eigenen Augen gesehen?« fragte die Mutter.

»Mit eigenen Augen? Ich werde mich hüten. Die Gegend dort ist doch ganz verseucht. Da geht keiner freiwillig hin. Aber jeder weiß, daß das Rhein-Main-Gebiet tot ist. Dort rührt sich nicht mal mehr eine Kakerlake.«

»Siehst du?« sagte die Mutter später zum Vater. »Alle behaupten es, niemand weiß es genau.«

Solche Gespräche gab es am Tag zwei- bis dreimal. Und die Mutter wurde nicht müde, alle, die uns entgegenkamen, zu fragen, woher sie seien.

»Wenn Sie einem Frankfurter begegnen wollten, müßten Sie einem Toten begegnen«, sagte ein Friedberger, ärgerlich über ihre Hartnäckigkeit. »Schon von Friedberg ist ja kaum etwas übriggeblieben, obwohl wir doch fast dreißig Kilometer von Frankfurt entfernt liegen.«

Da schwieg die Mutter und kam kaum mehr vorwärts. Aber bis zum nächsten Morgen hatte sie alles, was sie nicht hören wollte, wieder verdrängt und vergessen und wanderte, so schnell sie konnte, auf Frankfurt-Bonames zu.

»Der beste Beweis ist doch, daß wir bisher noch niemandem aus Bonames begegnet sind«, sagte sie. »Wenn Bonames kaputt wäre, müßten sich doch Bonameser hier herumtreiben!«

»Denk an Fulda«, sagte der Vater erschöpft. »Kam auch nur ein einziger Fuldaer nach Schewenborn, der sich am Bombentag in Fulda aufgehalten hatte?«

Darauf wußte sie nichts zu erwidern.

Es war totz allem gut, daß der Vater den Weg über den Hohen Vogelsberg genommen hatte. Hier hatte man die Hunde noch nicht aufgegessen, und es gab Dörfer, in denen so gut wie keine Fensterscheibe fehlte. Kein Schutt lag herum, die Straßen waren nicht von umgestürzten Bäumen versperrt, und manche einsamen Ortschaften waren sogar vom Typhus verschont geblieben. Ab und zu gerieten wir an Bauern, die von dem Elend, das an ihrer Tür vorüberzog, noch nicht abgestumpft waren.

Wir brauchten achtzehn Tage bis in die Wetterau hinunter. Wir hätten die Strecke in kürzerer Zeit geschafft, aber der Vater drang darauf, daß die Mutter oft rastete, früh schlafen ging und morgens so lange wie möglich schlief.

»Sie darf nicht zu schwach werden«, sagte er zu mir. »Sie wird dort unten noch viel Kraft nötig haben, und dann muß sie den ganzen Weg wieder zurückwandern.«

Dreimal schliefen wir in Viehunterständen, achtmal ließen uns Bauern in ihrer Scheune schlafen, einmal gab uns eine Arztwitwe sogar eine heizbare Stube, fünfmal übernachteten wir in Obdachlosenquartieren und einmal in einer Grillhütte im Wald. Dann waren wir in der Wetterau. Wir hatten sparsam von unseren Vorräten gelebt. Die Rucksäcke waren schlaffer, aber nicht leer geworden. Dann und wann hatten wir bei Bauern

Suppe mitessen dürfen. Einmal hatte uns in einem kleinen, abgelegenen Ort eine Frau ein selbstgebackenes Brot geschenkt. Es war zwar kaum größer als ein Doppelbrötchen gewesen. Aber wir genossen es. Wir aßen es in winzigen Stückchen und kauten es andächtig. Wie sehr erinnerte der Geschmack dieses Brotes an früher!

In der Nähe von Schotten kamen wir an einem Feld mit Winterroggen vorüber. Der war im Herbst, schon nach dem Bombentag, eingesät worden. Zuerst wollten wir das, was wir sahen, nicht glauben. Uns kamen diese winzigen grünen Keime unter dem tauenden Schnee – ein ganzes Feld voll grüner Sprossen! – fast wie eine Fata Morgana vor.

»Hier hat jemand in einer so anormalen Zeit wie dieser etwas völlig Normales getan«, sagte mein Vater. »Kaum zu glauben.«

Wir blieben lange vor dem Feld stehen, und die Mutter sagte: »Da kriegt man wieder richtig Hoffnung.«

Später, in der Wetterau, verließ uns das Glück. Je weiter wir kamen, um so verwüsteter waren die Ortschaften. Sie waren fast menschenleer. An den Straßen entlang lagen halbverweste Leichen und Tierkadaver. Als wir zu den Ruinen von Friedberg kamen, fing es heftig an zu schneien. Die Straßen verschwanden, kein Schneepflug fuhr, wir orientierten uns an den Orts- und Straßenschildern, die hier und dort einsam in der Landschaft aufragten, sofern sie die Druckwelle nicht umgelegt hatte.

»Bonames?« fragte eine Frau erstaunt, die an uns vorüberwankte. »Das können Sie sich sparen. Da ist nichts mehr.«

»Willst du immer noch weiter?« fragte der Vater die Mutter, die sich, bis zu den Augen eingemummt, gegen den Wind stemmte.

»Ja«, sagte sie. »Ich muß es mit eigenen Augen gesehen haben.«

Der Vater führte uns auf die Autobahn Kassel-Frankfurt – oder auf das, was von ihr noch übrig war. An manchen Stellen war ihr Belag aufgerissen, wie geplatzt, und ihre Oberfläche war uneben geworden. Je weiter wir in Richtung Frankfurt kamen, um so welliger wurde sie. Es schien, als sei sie geschmolzen. Trotzdem war sie uns ein sicherer Weg, denn durch ihren Sokkel, der sie auf weiten Strecken aus der Landschaft heraushob, gab sie uns festen Grund unter die Füße und bewahrte uns davor, in dem dichten Schneetreiben die Richtung zu verlieren.

Aneinandergeschmiegt übernachteten wir in einem halbzerquetschten WC-Häuschen, das unter den Resten umgestürzter Bäume auf einem ehemaligen Parkplatz stand. Jens und die Mutter schliefen tief und atmeten ruhig, aber der Vater stöhnte im Schlaf, und lange bevor es hell wurde, war er schon wach. Ich schlief auch nur wenig in dieser Nacht, denn das Fahrrad war endgültig kaputt, und ich machte mir Sorgen, wie wir das Gepäck nun transportieren sollten. Um Bonames schlugen meine Gedanken und Träume einen großen Bogen: Ich hätte gern geglaubt, woran die Mutter glaubte. Aber ich wußte, daß der Vater recht behalten würde.

Als wir am nächsten Morgen halberstarrt ans Tageslicht krochen, lag unter einem klarblauen Himmel eine blendendweiße Schneelandschaft vor uns, nach allen Richtungen hin unberührt von Spuren. Die Sonne ging gerade auf. Der Schnee lag hoch. Wir mußten waten. Die Mutter war bester Laune, sie scherzte mit Jens und mir. Aber der Vater schob den Wagen schweigsam und war kaum anzusprechen.

Auf dem Weg nach Süden begegneten wir niemandem mehr. Wir waren allein. Wir kamen an die Abzweigung nach Bad Homburg. Ungeduldig wanderte die Mutter weiter. Der Vater schob den Kinderwagen stumm hinter ihr her. Ich hatte Mühe, ihnen zu folgen, denn den Fahrradanhänger ohne Fahrrad zu ziehen oder zu schieben war mühsam. Er war ja so schwer bepackt.

»Jetzt muß Bonames bald zu sehen sein«, rief die Mutter und

spähte nach Süden, in eine einförmige, leicht gewellte Schneewüste, in der nicht einmal mehr ein Baum stand. Nur in der Ferne schimmerte ein dunkles Band: der Main.

Hier gab es auch keine Leitplanken und keine Schilder mehr. Aber der Vater kannte sich auf dieser Strecke aus. Jahrelang hatten wir in Bad Homburg gewohnt, und er war täglich über die Autobahn nach Frankfurt gefahren. Er suchte nach Kilometerpfählen. Er prüfte hier und dort die Unebenheiten im Schnee. Er fand die Abfahrt nach Bonames, wir wanderten sie entlang. Bonames hatte neben der Autobahn gelegen, die Hochhäuser hatten wir immer schon von weitem sehen können. Wir verließen die Fahrbahn und tappten querfeldein.

»Es ist heute recht dunstig«, sagte die Mutter.

Ich sah keinen Dunst. Man konnte bis weit in den Taunus, in den Vogelsberg, ja bis zu den ersten Hügeln des Odenwalds sehen. Als wir vor ein paar kleinen Erhebungen ankamen, blieb der Vater stehen, schob den Schnee mit dem Fuß weg und brachte Schutt zum Vorschein.

»Wir sind in Bonames«, sagte er.

Mutters Augen werde ich nie vergessen. Sie hob die Hand und ließ sie wieder fallen. Nach einer Weile sagte sie: »Gehen wir zurück.«

11

Der Heimweg wurde zu einer einzigen Qual. Die Mutter kam kaum mehr vorwärts. Es schien uns, als *wollte* sie auch gar nicht mehr vorwärtskommen. Und immer wieder blieb sie stehen, faßte sich an den Leib und murmelte: »Es tritt mich so sehr.«

In die Vogelsberg-Dörfer war nun auch die Grippe eingezogen. Überall sahen wir Bewegung auf den Friedhöfen. Nun hatten sich schon viele Dörfer mit Stacheldraht umgeben. Wir bekamen nirgends mehr Suppe, nirgends einen warmen Stall für die Nacht, obwohl der März klirrende Kälte brachte.

Mein Rucksack war so gut wie leer. Schon während der letzten Tage hatten wir nur noch getrocknete Apfelschnitze und Pilzscheiben gekaut. Alle Kartoffeln und Möhren waren längst gegessen. Nur eine welke Steckrübe war noch da. Mit aufgesprungenen Lippen leckten wir Schnee, wenn wir Durst hatten. Und wir hatten immerzu Durst.

Der Vater erschlug einen Hund, der uns hungrig an die Beine fuhr. Er wollte ihn kochen oder braten, aber wir bekamen nirgends Feuer her. Tagelang trug ich das steifgefrorene Tier im Rucksack. Als wir endlich Feuer machen und den Hund auftauen konnten, wurde meinem Vater beim Schlachten übel. Er hatte so was noch nie gemacht. Und Jens und ich brachen alles, was wir gegessen hatten, wieder aus. So eine üppige Mahlzeit schafften unsere Mägen nicht mehr. Von den zähen und halbrohen Resten des Terriers lebten wir noch tagelang. Aber sie widerten mich an. Nur die Mutter zeigte keinen Widerwillen gegen dieses Fleisch. Sie aß sowieso nicht viel und kaute gedankenverloren noch das zäheste Stück weich.

Zufällig kamen wir wieder an dem Feld mit der Winterroggen-Saat vorüber. Erst dachten wir, es sei ein anderes Feld, weil wir nicht glauben wollten, was wir sahen. Aber ich erinnerte mich genau an die drei Birken am Rain. Es *war* dasselbe Feld! Zwischen Schneewehen lag die Saat bloß.

Sie war gelb geworden, hier und dort schon braun.

»Hier gibt's in diesem Jahr keine Roggenernte«, murmelte der Vater niedergeschlagen.

Wir schliefen nur noch in Viehschuppen auf den Koppeln. Manchmal mußte der Vater einen Platz für uns erkämpfen, weil schon andere Obdachlose darin Unterschlupf gefunden hatten. Wir bekamen Läuse und Flöhe, und dem Vater erfroren zwei Zehen. Zu allem Unglück brach auch noch der Fahrradanhänger auseinander. Er ließ sich nicht mehr reparieren.

Hinter Herbstein begann die Mutter zu fiebern, bald auch Jens. Die Grippe hatte uns eingeholt. Wir blieben über eine Woche in einer Feldscheune, in der noch ein Haufen Heu aus dem letzten Jahr lag. Er war groß genug, um sich hineinzuwühlen. Wir mußten hilflos zusehen, wie Jens vor Fieber glühte und immer schwächer, immer apathischer wurde. Der Vater rannte zum nächsten Dorf, um heißen Tee aufzutreiben. Aber sie ließen ihn nicht hinein – schon gar nicht, als sie erfuhren, daß er von Kranken kam.

In der vierten Nacht wachte ich auf, weil die Mutter so laut keuchte. Ab und zu murmelte sie ein paar Worte. Das meiste konnte ich nicht verstehen. Ich griff nach ihrer Hand. Die war glühend heiß. Angst schnürte mir die Kehle zu. Ich tastete nach Jens, der neben der Mutter lag, fand sein Gesicht, fuhr sanft darüber. Es bewegte sich nicht unter der Berührung. Es war eiskalt. Ich hörte das Heu rascheln und merkte, daß der Vater wach lag.

»Vater«, flüsterte ich erleichtert, »Jens ist nicht mehr heiß. Er hat kein Fieber mehr.«

»Nein«, sagte der Vater mit brüchiger Stimme, »er hat kein Fieber mehr. Er ist tot.«

Am nächsten Morgen legten wir ihn unter einen Holunderbusch hinter der Scheune. Er fror sofort steif. Ich schlich mich noch ein paarmal zu ihm hinaus und betrachtete ihn. Mir schien jetzt, ich hätte ihn noch lieber als Kerstin gehabt. Kerstin war schon so lange fort, so weit weg. Daß er nicht mein richtiger Bruder gewesen war, hatte sich in meiner Erinnerung längst verwischt.

Wir wußten nicht, wie wir ihn begraben sollten. Die Erde

war tief gefroren. Schließlich sammelten wir Steine, die wir vom Erdboden losschlagen mußten. Ich erinnerte mich wieder daran, wie ich Andreas begraben hatte. Mir schien es endlos lange her, obwohl es nur ein paar Wochen waren.

Tote begraben, immerzu Tote begraben, das war eine der Hauptbeschäftigungen der Überlebenden. An diesem Morgen wünschte ich mir, nicht zu ihnen zu gehören. Ich beneidete Jens um die Ruhe, die er jetzt hatte.

Langsam, sehr langsam wuchs der Steinhaufen über ihm. Falls es noch Krähen im Vogelsberg gab, sollten sie ihn nicht kriegen, unseren lieben kleinen Jungen.

Die Mutter überstand die Grippe. Als ihr der Vater Jens' Tod so schonend wie möglich beibrachte, nickte sie nur. Sie weinte nicht einmal. Der Vater warf mir einen verzweifelten Blick zu. Etwas später sagte er zu mir: »Vielleicht ist es besser so.«

Als wir wieder in Richtung Schewenborn weiterzogen, sprachen wir kaum noch miteinander. Jeder brütete vor sich hin. In unseren Köpfen bewegten sich keine klaren Gedanken mehr. Wir waren erschöpft.

Der Vater schritt voran. Er hatte jetzt auch meine Koffer und die Schlafsäcke auf dem Kinderwagen. Die Mutter schleppte sich hinter ihm her. Sie wollte nicht geführt werden. Ich folgte ihr mit Rucksack und Reisetasche.

So trotteten wir bis gegen Ende März weiter – jeden Tag nur ein paar lächerliche Kilometer. An manchen Tagen, wenn wir eine leidliche Unterkunft gefunden hatten, blieben wir einfach liegen.

Kurz vor Lanthen brach die Mutter zusammen. Der Vater warf die beiden großen Koffer vom Kinderwagen in den Schnee, gab mir den kleinen Koffer mit den Babysachen zu tragen, steckte die Mutter in ihren Schlafsack und legte sie auf die anderen Schlafsäcke im Wagen. Die Koffer mußten wir liegenlassen.

Schon vor Wietig begannen die ersten Wehen. Als die Mutter das dem Vater sagte, fing er an zu laufen. Wir schoben den Kinderwagen abwechselnd. Wir rannten in einen Schneesturm hinein. Der Schnee wirbelte in den Kinderwagen. Die Mutter fror. Der Vater wickelte Mutters Beine, die zwischen den Stangen des Schiebegriffs aus dem Wagen hingen, in Jens' Decke, schützte ihren Kopf gegen den Schneefall, indem er ihr meinen leeren Rucksack über den Kopf zog, und deckte ihren Leib mit der Babydecke zu.

»Nein«, jammerte sie, »nicht die Decke. Womit sollen wir das Neue zudecken, wenn sie feucht wird?«

Da zog der Vater Großvaters dicken Rollkragenpullover aus, den er unter seiner Wanderjacke trug, und breitete ihn über sie. Ich wußte, daß er nun entsetzlich fror.

Er versuchte, in Wietig unterzukommen. Er schlug mit den Fäusten gegen die Türen, gegen die zugestopften Fenster.

»Eine Hochschwangere!« brüllte er. »Sie ist schon in den Wehen! Wo ist denn eure ganze Christlichkeit?«

Nichts rührte sich. Der Vater heulte vor Wut. Wir schoben weiter. Zum Glück ging es vom Wietiger Wald aus nur noch bergab. Er ließ mich vorlaufen.

»Sag der Frau Kramer, sie soll Wasser heißmachen«, rief er mir nach, »und die Küche heizen und eine Matratze in die Küche legen! Laß den Koffer dort und komm mir wieder entgegen, so schnell du kannst. Du mußt mir mit dem Wagen über die Trümmer helfen!«

Ich rannte. Ich war so lange nicht mehr gerannt. Die feuchten Kleider, die ich wochenlang nicht mehr hatte wechseln können, rieben mich wund. Der Koffer schlug mir bei jedem Schritt gegen das Bein. Ich kam nach Schewenborn hinein. Es wurde schon Abend. Die Stadt oder das, was von ihr noch übrig war, lag wie tot da. Nur durch ein paar Ritzen schimmerte trübes Licht aus Herdlöchern. Ich kletterte über die Schuttberge, stellte im Vorbeilaufen fest, daß das Hospital bis auf ein paar verkohlte Mauerreste nicht mehr da war und Kernmeyers

Eckhaus einen ausgebrannten Dachstuhl hatte, stürzte in unsere Gasse, zum Haus meiner Großeltern, begriff mit ungeheurer Erleichterung, daß es noch stand und unbeschadet war und donnerte mit den Fäusten gegen die Tür.

Ich hörte schlurfende Schritte, die Tür öffnete sich einen Spalt. Ich erkannte Frau Kramers mißtrauisches Gesicht.

»Hau ab«, sagte sie, »hier gibt's nichts.«

»Aber *ich* bin's doch«, rief ich, »Roland! Erkennen Sie mich nicht? Wir sind zurückgekommen!«

»Was – ihr?« fragte sie entgeistert. Ich merkte, wie entsetzt sie war. »Ich dachte, ihr seid längst –«

Sie sprach nicht weiter.

»Wer ist da?« hörte ich eine Männerstimme drinnen im Haus knurren.

»Stell dir vor, Karl, Bennewitzens sind wieder da!« rief sie. Sie behielt die Klinke in der Hand. Sie ließ mich nicht einmal in den Flur. Ein Mann kam gebückt aus der Küche angeschlurft. Ich kannte ihn nicht. Er hatte Großvaters karierte Weste an.

»Kommt gar nicht in Frage«, sagte er, als er mich sah. »Ihr seid weggezogen, basta. Ihr habt ja geglaubt, anderswo ginge es euch besser.«

Ich wandte mich an Frau Kramer, die hinter ihm stand: »Mein Vater hat doch mit Ihnen ausgemacht, daß wir bald wiederkommen! Sie sollten nur so lange –«

»Davon weiß ich nichts«, sagte Frau Kramer und schob das kleine Mädchen zurück, das neugierig hinter ihr hervorschaute. »An solche Abmachungen kann ich mich nicht erinnern. Er hat mir nur das Haus übergeben und gesagt, von nun an könnte ich darin wohnen.«

»Das ist nicht wahr!« schrie ich. »Ich war doch selber dabei! Und überhaupt: Das ist Großvaters Haus. Er ist tot. Also gehört es jetzt uns!«

»Ach, du lieber Gott«, sagte der alte Mann, »hör dir den Burschen an, jetzt kommt er mit Recht und Gesetz. Diese Zeiten sind vorbei. Habt ihr das noch nicht begriffen? Jeder nimmt sich, was er braucht, und verteidigt es. Eher zünden wir dieses Haus an, als daß wir's wieder hergeben, das kannst du deinen Eltern ausrichten. Denn für uns wär's der Tod. Mach die Tür zu, Marie, es schneit herein.«

Ich schob den Fuß zwischen Tür und Schwelle.

»Meine Mutter bekommt aber ein Kind!« schrie ich.

»Nimm den Fuß weg!« kreischte Frau Kramer.

Da nahm ich den Fuß heraus. Die Tür fiel ins Schloß.

Ich klopfte noch an ein paar Türen in der Nachbarschaft. Die meisten gingen gar nicht erst auf. Andere schlossen sich wieder, noch bevor ich meinen Namen gesagt hatte. Nur eine alte Frau nuschelte durch den Türspalt: »Wir hausen selber schon zu zwölft in einem Raum. Aber wenn ihr Glut braucht – Glut könnt ihr haben.« Ich hatte diese Frau noch nie gesehen. Sie mußte eine von den Obdachlosen aus der Fuldaer Gegend sein.

Ich stand mit Tasche und Koffer in der Dämmerung und weinte vor Verzweiflung. Dann fiel mir das Schloß ein. Ich lief in den Schloßpark. Da stand der kahle Klotz, Grau in Grau, einsam zwischen den hohen Bäumen. Vor der Freitreppe stellte ich das Gepäck ab und lief durch die Räume. Ihre Böden waren noch dreckverkrustet vom Sommer her. Durch die großen, offenen Fensterlöcher hatte es hereingeschneit. Der Sturm heulte durch die leeren Hallen und das breite Treppenhaus mit den kostbaren Holzintarsien. Nein, hier konnten wir die Mutter nicht hinlegen. Ebensogut hätten wir sie draußen im Park in den Schnee betten können.

Vorsichtig tastete ich mich die Treppe hinunter in den Keller. Hier war es stockfinster, aber es zog kaum, und Schnee war auch noch nicht eingedrungen. Hier war es spürbar wärmer als draußen und oben. Ich tastete mich in die Ecke, wo ich damals die drei toten Kinder aneinandergekuschelt hatte lehnen sehen. Sie waren nicht mehr da. Ich holte das Gepäck von der Freitreppe und trug es in den Keller. Dann lief ich meinen Eltern entgegen.

12

Das Kind wurde in der Nacht geboren. Es kam zur Welt, als ich in unserer Gasse herumlief, verzweifelt bemüht, die Frau wiederzufinden, die mir die Glut angeboten hatte. Aber ich konnte mich nicht an das Haus erinnern, und inzwischen war es Nacht geworden. Niemand öffnete. Jeder hatte Angst vor Fremden, die aus lauter Hunger vor nichts mehr zurückschreckten, auch nicht vor einem Mord.

Als ich mich in den dunklen Keller zurückgetastet hatte, war das Kleine schon abgenabelt.

»Es ist ein Mädchen, Roland«, hörte ich sie sagen. »Es soll Jessica Marta heißen, nicht wahr, Klaus?«

»Ganz, wie du willst, Inge«, antwortete mein Vater.

Er schickte mich noch einmal weg.

»Ich habe der Mutter die Matratze aus dem Kinderwagen untergelegt«, sagte er. »Die ist jetzt voll Blut, und wir haben keine Unterlage mehr für das Kind. Lauf und schau, ob du in den Scheunen einen Armvoll Heu findest.«

Ich lief und suchte im Dunkeln. In den Schloßscheunen kannte ich mich aus. Heu fand ich nicht, denn Judith und die Mutter hatten alles Heu aus den Scheunen für die Kinder im Schloß gebraucht. Aber ich fand eine große Schachtel, in der es raschelte, wenn man sie schüttelte. Ich fühlte hinein und griff in Styropor-Chips. Ich fand, daß sie ein einigermaßen weiches und trockenes Lager für ein Neugeborenes abgeben konnten, und trug die Schachtel in den Keller.

Aber Mutter wollte nicht, daß wir das Kind in die Chips legten.

»Da erfriert's«, flüsterte sie matt. »Ihr müßt es sehr warmhalten, wenn es überleben soll.«

So gab mir der Vater das Baby in den Arm. Ungewaschen, wie es war, hatte er es in Großmutters Daunenkissen gewickelt.

»Wärm *du* es jetzt«, sagte er. »Ich löse dich dann ab.«

Ich knöpfte meine Jacke und mein Hemd auf und drückte das leichte Bündel an meine nackte Brust. Eingehüllt in Jens' Decke und Vaters warmgefütterte Wanderjacke, lehnte ich mich an die Wand und zog meine Knie so hoch, wie ich konnte. So hielt ich mein kleines Schwesterchen auf dem Schoß und wagte mich kaum zu rühren. Das Kissen wärmte auch mich. Ich hatte Mühe wachzubleiben. Aber das Kind lag ja in der Mulde zwischen Brust und Beinen, es konnte nicht so leicht herausrutschen. Sorgsam achtete ich darauf, daß es nicht erstickte.

Jedesmal, wenn es quäkte oder sich bewegte, wurde mir warm vor Glück. Ich war voll Zärtlichkeit, ich wollte alles tun, damit es überlebte. Für dieses winzige, hilflose Kind, das in ein solches Elend hineingeboren worden war und nie die gute alte Zeit kennengelernt hatte, wollte ich betteln und stehlen und plündern, wenn es sein mußte!

Ich stellte mir sein Gesicht wie das von Kerstin vor.

Vom langen Sitzen und von der Kälte wurde ich ganz steif. Ich hörte den Vater bei der Mutter hantieren, hörte die Mutter ab und zu stöhnen, hörte sie leise miteinander reden. Dann wurden sie still. Nur noch ihr Atem war zu hören. Der Vater war wohl nach all der Aufregung und Anstrengung neben der Mutter eingeschlafen, und auch sie ruhte sich erschöpft aus. Da fiel ich in einen unruhigen Halbschlaf.

Als das Kind sich wieder einmal bewegte und ich aufschreckte, fiel durch die Kellerluken vor den breiten Lichtschächten schon Dämmerhelle. Das erste, was ich außer den Luken ausmachen konnte, war der weiße Atem, den ich aushauchte. Danach erkannte ich Andreas' Inschrift:

VERFLUCHTE ELTERN!

Sie füllte die halbe Wand in großen schrägen Blockbuchstaben. Etwas war also noch von ihm zurückgeblieben.

Ich nickte wieder über dem Kind ein. Als ich das nächste Mal wach wurde, war es schon heller geworden. Ich erkannte Vater und Mutter. Sie lagen eng aneinandergeschmiegt auf dem Estrich unter den Schlafsäcken. Die Mutter hatte Großvaters dicken Pullover an. Ringsherum lagen Tücher und Windeln verstreut, und alles war voller Blut. Eine Blutlache stand auf dem Estrich. Ich konnte nicht erkennen, ob sie gefroren war. Die Mutter lag so, daß ich ihr Gesicht sehen konnte. Sie schien fest zu schlafen. Ihr Gesicht schimmerte bläulichweiß.

Mir fiel Großvaters Gartenhaus ein. Dort hätten wir hingehen können! Dort gab es sogar einen alten Kanonenofen. Daß es mir nicht früher eingefallen war! Aber wir hätten die Mutter im Kinderwagen wohl kaum im Dunkeln den steilen Hang hinaufgekriegt. Nun, es war ja auch so gegangen. Jetzt, wo alles vorüber war, konnten wir uns immer noch im Gartenhaus einquartieren, sobald die Mutter wieder gehen konnte.

Als es so hell wurde, daß ich Großmutters Monogramm im Kissenbezug erkennen konnte, wurde ich so neugierig, daß ich meine Jacke, die das Köpfchen bedeckte, etwas beiseiteschob und die Kissenzipfel auseinanderzog, um das winzige Gesicht sehen zu können.

Ich erstarrte. Ich konnte nicht schreien. Ich saß ganz steif.

Meine kleine Schwester Jessica Marta hatte keine Augen. Dort, wo sie hätten sein müssen, war nichts als Haut, gewöhnliche Haut. Nur eine Nase war da, und ein Mund, der an meiner Brust herumsuchte und saugen wollte.

Mich lähmte ein solches Grauen, daß ich nicht einmal imstande war, das Kissen wieder zusammenzuraffen, als sich das Kind bloßstrampelte. Da lag es, nackt und blutig, und ich sah, daß es nur Stummelarme besaß.

»Vati«, flüsterte ich, »Vati –«

Er fuhr hoch und blinzelte mich mit rotumränderten Augen an. Auch er atmete weißen Hauch aus.

»Schau doch«, flüsterte ich.

»Ja«, sagte er, »ich weiß. Sie ist verblutet. Sie hat's gewußt.

Sie ist ganz ruhig gestorben. Es war ein guter Tod. Sie hat auch noch an dich gedacht.«

Aber ich dachte nur an meine neue Schwester. Ich glaubte, er spräche von ihr.

»Sie ist doch nicht tot«, rief ich, »sie hat sich die ganze Zeit bewegt –«

Er kroch zu mir hin und beugte sich über meine Knie.

»O nein, nein«, stöhnte er.

Ich aber schaute jetzt hinüber zur Mutter. Langsam begriff ich. Da fing ich an zu schreien. Ich schrie und schrie, bis ich schweißgebadet das Bewußtsein verlor.

Als ich wieder zu mir kam, hörte ich das Kind schreien. Ich hörte seine Stimme aus der Styropor-Schachtel. Es hatte eine kräftige Stimme. Der Vater trug die Schachtel gerade zur Treppe hinüber.

»Wo trägst du's hin?« fragte ich voller Angst.

»Schlaf nur«, sagte er.

Ich merkte, daß er meinem Blick auswich.

»Das kannst du doch nicht machen«, flüsterte ich.

Ihm liefen Tränen über die Wangen.

»Was ist wohl barmherziger – so oder so?« fragte er.

Ich taumelte zu ihm und streichelte die Schachtel.

»Tu ihr nicht weh, hörst du?« schluchzte ich.

Der Vater schüttelte den Kopf.

»Bleib hier«, sagte er. »Bleib bei der Mutter.«

Er ließ mich nur kurz allein, aber mir erschien es eine Ewigkeit. Als ich endlich seine Schritte auf der Treppe hörte, ging ich ihm entgegen. Er hielt die Schachtel noch immer in den Händen. Aber jetzt schrie und raschelte nichts mehr darin.

Noch am selben Tag zogen wir hinauf in Großvaters Gartenhaus. Die Mutter legten wir wieder in den Kinderwagen und deckten sie gut zu. Niemand begegnete uns, niemand fragte uns. Mit Mühe und Not schafften wir den Wagen den eisglatten Hang hinauf. Als Tauwetter kam, begruben wir beide, Mutter und Jessica Marta, unter dem Süßkirschenbaum.

13

Seitdem sind vier Jahre vergangen. Ich bin jetzt siebzehn. Zwei Jahre lang haben wir in Großvaters Gartenhaus gewohnt, dann zogen wir wieder in das Haus der Großeltern hinunter. Denn im zweiten Hungerwinter starb fast die Hälfte von denen, die den ersten noch überlebt hatten, auch Frau Kramer und der alte Mann. Nur das Kind, das bei ihnen gewesen war, blieb am Leben. Wir nahmen es zu uns.

Es gibt jetzt genug Häuser in Schewenborn, die noch leidlich in Ordnung sind und trotzdem leerstehen. Von allen Schewenbornern und den vielen Obdachlosen, die hier untergekommen waren, leben nur noch etwa vierhundert. Nein, die übrigen sind nicht alle umgekommen. Vor zwei Jahren ging einmal das Gerücht um, in den Alpen sei das Leben noch wie früher, da sei nichts verstrahlt und nichts verseucht. Darauf machten sich über einhundertfünfzig Schewenborner auf und zogen nach Süden. Keiner ist bisher zurückgekommen. Vielleicht stimmt dieses Gerücht, vielleicht auch nicht. Mein Vater und ich wollten nicht wissen, ob daran was Wahres ist. Schon einmal sind wir ja von hier fortgezogen und kamen geschlagen zurück. Wir bleiben hier. In Schewenborn ist man längst nicht am schlechtesten dran. Das bestätigen viele, die immer noch ab und zu hier durchziehen. »Hier rührt sich noch Leben«, sagen sie.

Diese vier Jahre waren eine Kette von Ängsten: Angst vor der Kälte, dem Hunger, den Krankheiten, den Insektenplagen. Angst vor dem Tod.

Die meisten Schewenborner, die den Bombentag überlebt hatten, starben während der beiden ersten Winter, die der Katastrophe folgten. Vor allem den zweiten Winter überlebte nur eine kleine Zahl. Es war ein sehr kalter Winter. Die Menschen erfroren und verhungerten. Wer im Sommer nicht genug Holz aus den Wäldern geholt hatte, wer keine warme Kleidung mehr besaß, wer krank wurde und niemanden hatte, der ihm sein Feuer Tag und Nacht hütete, kam vor Kälte um. Wer sich keine Eßvorräte angelegt hatte, starb an Hunger.

Aber es war sehr schwierig gewesen, mit Eßvorräten für den Winter vorzusorgen. Denn im Jahr nach dem Bombentag wuchs fast nichts. Die meisten Felder blieben unbestellt. Auch wer noch in der Lage war, ein paar Kartoffeln zu pflanzen, ein paar Hände voll Korn zu säen, erntete nichts: Die Erde war verstrahlt. Was im Frühling noch keimte, kümmerte vor sich hin. Statt mit frischem Grün überzog sich die Landschaft mit einem kränklichen Schwefelgelb. Die Fichten nadelten, viele Laubbäume schlugen nicht mehr aus. Nur das zäheste Unkraut hielt stand.

In diesem ersten Sommer nach der Bombe und dem darauffolgenden Winter aßen die Leute Gras und Rinde, sie sammelten Wurzeln und würgten Raupen und Würmer herunter. Sie zogen über Land in der Hoffnung, irgendwo etwas Eßbares zu finden. Die letzten Katzen, die letzten Hunde wurden aufgegessen. Man aß sogar Ratten. Denen hat die Bombe, wie es scheint, nichts anhaben können. Man entwickelte raffinierte Fangmethoden, um sie lebendig unters Messer zu kriegen. Man brüstete sich gegenseitig mit der Anzahl der erlegten Ratten. Ja, den Ratten verdankten die Schewenborner ihr Leben – und den großen Konservenbeständen einer unterirdisch angelegten Militärbasis in der Nähe von Fulda, die durch Zufall von ein paar jungen Schewenbornern entdeckt, gewaltsam geöffnet und durchstöbert worden war.

Man hatte vergeblich versucht, diesen Fund geheimzuhalten. Ganz Schewenborn schlug sich um die Büchsen. Die letzten

Reste davon werden noch jetzt als begehrte Tauschware gehandelt. In den schlimmsten Zeiten brachten sich manche Leute um ihretwillen gegenseitig um.

Aber im letzten Winter ist in Schewenborn so gut wie niemand mehr vor Hunger umgekommen. Langsam, ganz langsam beginnt sich die Natur von dem ungeheuren Eingriff zu erholen. Robustes wuchert wieder. Im letzten Frühjahr wurde es um die Stadt wieder grün. Auch nach Fulda zu sprießt Gras aus der Asche. Aber es ist kein gewöhnliches Gras, das dort wächst. Nur das allerzäheste Zeug bringt das fertig. Aber was es auch sei – Hauptsache, das entsetzliche Aschengrau verschwindet.

Die Überlebenden haben sich umgestellt. Sie haben sich auf das karge Leben der Nachbombenzeit eingestellt. Sie warten nicht mehr auf eine Rettung von anderswoher, auf ein Wunder, auf eine Erlösung. Sie haben ihre Rettung selber in die Hand genommen.

Gärten werden wieder bestellt. Vielen Gemüsearten begegnet man darin nicht mehr. Sie haben die Strahlenverseuchung nicht überstanden. Aber Kartoffeln gibt es noch. Überall rings um Schewenborn stößt man jetzt auf Kartoffelbeete und kleine Kartoffelfelder. Während der warmen Jahreszeit dreht sich das Leben der Schewenborner fast nur um ihre Kartoffeln, denn durch den Vogeltod haben die Insekten überhandgenommen. Wir haben schlimme Insektenplagen durchgemacht. Und die Wildschweine, von denen offenbar eine große Anzahl, versteckt in Talfalten und geschützt durch dichtes Gestrüpp, den Bombentag unbeschadet überstanden hat, haben sich unglaublich vermehrt. In ganzen Rudeln fallen sie in die Felder ein. Wenn wir nur Munition hätten!

Aber die Schewenborner werden findig. In diesem Frühjahr und Sommer haben sie mit Fallen und Gruben vier Wildschweine erlegt. Jeder Überlebende hat inzwischen gelernt: Wer nicht für Vorräte sorgt, riskiert spätestens im nächsten Winter den Hungertod.

Rings um die Stadt gibt es nun viel mehr Land, als die wenigen Schewenborner bebauen können. Noch kann man die Ränder der früheren Flurstücke, der alten Gärten und Felder erkennen, noch stehen manche Koppelzäune. Aber von Jahr zu Jahr verblassen die Spuren der Vorbombenzeit.

Auch das Geld ist verschwunden. Manchmal sieht man noch Kinder mit Münzen und Scheinen spielen. Aber Geld ist wertlos geworden. Wer dringend etwas braucht, muß es sich gegen etwas anderes eintauschen. Tausch ist alles. Man tauscht sogar Arbeit gegen Arbeit. Erfindergabe wird geschätzt. Wer einen Beruf hatte, mit dem sich jetzt nichts mehr anfangen läßt, besinnt sich auf seine Begabungen und Hobbys. Und schon bauen ein paar findige Schewenborner an einer neuen Wasserleitung. Es liegen ja noch genug Rohre in den Trümmerhaufen.

Seit dem letzten Hungerwinter wird nicht mehr geplündert oder erschlagen. Es ist wieder eine bescheidene Ordnung eingekehrt. Tote, die man beim Holzholen oder Bucheckernsammeln oder irgendwo auf den Wiesen findet, bekommen ein Grab, wie es sich gehört, auch wenn man nicht weiß, wer sie waren, und wenn nicht mehr viel von ihnen übrig ist.

Schewenborn hat sogar wieder einen Bürgermeister. Wenn etwas beschlossen werden muß, versammelt er die Überlebenden zwischen den Trümmerbergen auf dem ehemaligen Marktplatz. Dort steht kaum mehr ein Haus. Aber das alte Kopfsteinpflaster ist unverwüstlich.

Wir Schewenborner sehen jetzt aus, wie früher Arme aus der Dritten Welt ausgesehen haben. Manche von uns tragen noch Kleider von früher: verwaschenes, ausgefranstes, geflicktes Zeug. Manche Frauen haben aus alten Lumpen Neues zurechtgeschneidert. Was wir dann anziehen werden, wenn alle alten Gewebe zerschlissen sind, wissen wir noch nicht. Aber darüber zerbrechen wir uns nicht den Kopf. Vorerst gibt es noch Wichtigeres zu tun.

Unsere Schuhe haben wir aus alten Autoreifen und Holzbrettchen gebastelt. Wir sind nicht mehr so sauber, wie wir es früher gewesen sind. Es gibt ja kein funktionierendes Badezimmer, keine Wasserleitung, keine Wasserspülung mehr, keine Friseure und keine Kosmetik. Es gibt nicht einmal mehr Seife. Wir riechen nach Schweiß. Wir riechen nach Arbeit.

Unser Leben ist eine einzige Schufterei, wenn wir durch den nächsten Winter kommen wollen. Wir müssen ja alles mit der Hand machen: Wasserholen und Wäschewaschen, Pflanzen und Ernten, Nähen und Trümmerwegräumen und Bauen. Wir haben keine Maschinen mehr.

Wir müssen das Tageslicht ausnutzen. Sobald die Sonne aufgeht, ist jeder, der noch in Schewenborn lebt, an der Arbeit. Auch schon Vier- und Fünfjährige. Alle müssen mithelfen, damit niemand verhungern oder erfrieren muß. Da bleibt kaum mehr Zeit zum Spielen oder für Spaziergänge. Und die Angst sitzt uns im Nacken: Gibt es einen harten Winter? Werden wir die Kartoffeln vor Schaden bewahren können? Werden wir gesund bleiben? Werden wir unser Leben retten können? Jede lächerliche Blinddarmentzündung, jede Blutvergiftung, jede Gelbsucht kann uns töten, denn der letzte Arzt ist tot, und wir haben keine Medikamente mehr.

Aber jeder versteckt seine Ängste, jeder verdrängt das Wissen um die Gefahr, in der er schwebt. Täte er das nicht, müßte er verrückt werden. Und so wandelt sich unser gefährdetes Dasein doch allmählich in einen Alltag mit seinen Gewohnheiten.

Seit einem reichlichen Jahr haben wir sogar wieder eine Schule. Mein Vater hat sie eingerichtet. Zwei Klassen: eine für die Kleinen, eine für die Großen. Für ihn ist Schewenborn ohne Schule unvorstellbar. Ich glaube, ein Menschenfresser schockiert ihn weniger als ein Analphabet. Als ich noch jünger war, habe ich auch so gedacht wie er. Vor dem Bombentag war ja die Lese-Schreib-Rechenschule eine Selbstverständlichkeit. Aber inzwischen bin ich der Meinung, daß so eine Schule nicht mehr zu unserem jetzigen Dasein paßt.

Anfangs waren es neunundvierzig Schüler von sechs bis vierzehn Jahren. Die Kleinen betreue ich, die Großen unterrichtet mein Vater. Er liest, schreibt, rechnet mit ihnen, spricht aber nie mit ihnen über die Bombe und über das Vorher und Nachher. Kürzlich hat er ihnen von den alten Griechen erzählt. Das war aber auch alles. Dagegen macht er aus ihnen hervorragende Schnellrechner und Rechtschreiber. Er kann nicht verleugnen, daß er früher Buchhalter gewesen ist. Aber wer braucht heute noch einen Buchhalter?

Als Entgelt für unseren Unterricht geben uns die Eltern, was sie können: ein paar Kartoffeln, Sonnenblumenkerne, eine Konservenbüchse. Die Kinder von Eltern, die selbst nichts haben, holen uns Holz aus dem Wald.

Mein Vater gibt sich wirklich viel Mühe. Er sucht selber die Trümmerberge und ehemaligen Müllplätze nach Schreibzeug und Papier für seine Schüler ab. Jeden Tag kontrolliert er die Bleistifte und Kugelschreiber, die er an die Kinder ausleiht, denn sie sind ja so kostbar. Keiner darf vergeudet werden, keiner verlorengehen. Die Vorräte aus der Vorbombenzeit müssen so sparsam wie möglich verbraucht werden, da sie unersetzbar sind. Was danach kommt? Wir wissen es nicht. Wir wissen nur, daß wir weder Papier noch Bleistifte herstellen können, von Kugelschreibern gar nicht zu reden.

Wir unterrichten nicht in einem der früheren Schulgebäude. Die Grundschule brannte ein Jahr nach dem Bombentag aus, als ein Blitzschlag ein Großfeuer verursachte. Und die andere Schule, ein ehemaliger Neubau, bestand ja nur noch aus einem Mauergerippe, nachdem alle die großen Fensterscheiben zertrümmert worden waren.

So haben wir zwei Räume im Erdgeschoß des Schlosses als Schule eingerichtet. Das Schloß liegt windgeschützt zwischen hohen Bäumen, es hat starke Mauern, und Dach und Decke sind noch dicht. Die Fenster haben wir halb zugemauert. Stürmt es zu sehr, schieben wir ein paar große alte Schränke vor die Fensterlöcher. In jedem Raum steht ein alter Kanonenofen. Aber in den kältesten Winterwochen lassen wir den Unterricht ausfallen.

Beim Säubern der beiden Räume haben uns die Schewenborner geholfen. Sie waren froh, daß es wieder eine Schule für ihre Kinder geben sollte. Sie versuchten zusammen mit meinem Vater, Andreas' Buchstaben von den Wänden zu waschen, aber die gingen nicht ab, weder in den Räumen noch an den Außenmauern. Noch immer sind sie lesbar, auch im Keller. Aber dorthin gehe ich nicht gern. Da werden zu viele Erinnerungen wach.

Lästig sind nur die Ratten. Das Schloß ist voll davon. Sie laufen den Schülern während des Unterrichts zwischen den Füßen durch. Ganz Schewenborn stöhnt unter der Rattenplage. Es gibt ja auch keine Katzen mehr. Wenn man durch die Straßen geht, sieht man die Ratten vorüberhuschen. Von Jahr zu Jahr vermehren sie sich, werden immer fetter, immer frecher. Nicht einmal der zweite Hungerwinter hat sie ausgelöscht, als die Schewenborner in ihrer Not Rattenfleisch zu essen begannen, um zu überleben. Da soll man nun unterrichten können, wenn die Schüler vor Angst die Beine hochziehen, seitdem kürzlich eine Siebenjährige in eine nackte Zehe gebissen wurde.

Angst – immer wieder Angst. Als ob unsere Schüler nicht schon an genug Ängsten litten: Viele von ihnen sind keine gebürtigen Schewenborner. Sie wurden nach dem Bombentag aus der Fuldaer Umgebung hierher verschlagen. Viele sind Waisen. Die Jüngeren von ihnen können sich kaum mehr an ihre Eltern erinnern. Manche Kinder haben den Körper voller Narben oder gehen an Krücken. In meiner Klasse sind zwei Blinde. Mein Vater hat einen stummen Schüler, ihm fehlt ein Stück Zunge. Mehrere Kinder sind haarlos, andere leiden an Anfällen. Viele kommen müde in die Schule, weil sie nachts von Angstträumen geplagt werden. Kaum einer unserer Schüler ist körperlich und seelisch unbeschadet geblieben. Man muß behutsam mit ihnen umgehen. Sie brechen so schnell in Tränen aus.

Aber sie leben. Sie haben überlebt. Ich auch. Wenn ich darüber nachdenke, kann ich das noch gar nicht fassen. Denn auf zwanzig Tote kommt ein Überlebender.

Haben wir überlebt? Vielleicht bin ich als Nächster dran? Heute blieben mir mehr Haare als sonst im Kamm hängen. So fing es auch bei Judith an.

Obwohl nach dem Bombentag schon wieder Kinder geboren wurden, nimmt die Bevölkerung weiter ab. Ich kenne Leute, die es nicht verantworten wollen, Kinder in diese zerstörte Welt zu setzen. Ich weiß von Frauen, die seit dem Bombentag unfruchtbar sind. Und die Strahlenkrankheit geht noch immer um.

»Sie wird noch lange umgehen«, sagt mein Vater. »Sie lauert sogar auf die noch Ungeborenen.«

Das habe ich zuerst nicht glauben wollen. Jessica Marta – das war begreiflich gewesen: Sie hatte ja schon als Keim im Mutterleib gelebt, als die Strahlen auf sie eingewirkt hatten. Aber alle jene Kinder, die erst *nach* dem Bombentag gezeugt worden waren – wie sollte es möglich sein, daß auch sie von den Strahlen geschädigt worden waren?

»Erbschäden«, sagte mein Vater.

Von den Neugeborenen in und um Schewenborn ist kaum eines normal. Fast alle, die überhaupt lebend zur Welt kamen, sind verkrüppelt oder blind, taubstumm oder blöde. Sie zerstören alle Hoffnung. Denn so sehr sich die Schewenborner auch anstrengen zu überleben, werden sie doch aussterben. Das ist nur eine Frage der Zeit.

Mein Vater hat sich nach dem Bombentag sehr verändert. Er ist schweigsam geworden. Einmal, kurz nachdem er mit dem Unterrichten angefangen hatte, warf ihm ein Junge, der ein vernarbtes Gesicht hatte – inzwischen ist er elend an der Strahlenkrankheit gestorben –, die Kreide ins Gesicht und schrie: »Sie Mörder, Sie!«

Die anderen Kinder hatten ihn entsetzt angestarrt, aber mein Vater hatte sofort begriffen, was der Junge gemeint hat. Seitdem schläft er nicht mehr gut. Er stöhnt oft in der Nacht. Manchmal schaut er mich so an, als warte er darauf, daß ich ihn auch »Mörder« nenne.

Aber was ändert es, wenn ich ihm vorwerfe, daß er und fast alle Menschen seiner Generation in den letzten Jahren vor dem Bombentag untätig und seelenruhig zugeschaut haben, wie die Vernichtung der Menschheit vorbereitet wurde? Daß er immer die dumme Ausrede zur Hand hatte: »Was können *wir* daran ändern?« und nicht müde wurde, darauf hinzuweisen, daß solche Waffen gerade durch ihre Entsetzlichkeit den Frieden garantierten? Daß ihm – wie den meisten anderen Erwachsenen – Bequemlichkeit und Wohlstand über alles gingen? Daß er – und sie alle – wohl die Gefahr wachsen sahen, aber sie nicht sehen *wollten*?

Einmal fragte ihn ein Mädchen aus seiner Klasse: »Haben denn *Sie* irgend etwas für den Frieden getan?«

Da hat er nur den Kopf geschüttelt. So konnte ich wenigstens seine Ehrlichkeit achten.

Aber je älter ich werde und je länger ich über diese ganze Sache nachdenke, um so mehr gebe ich Andreas recht: Verfluchte Eltern, aber auch: Verfluchte Großeltern! Sie hätten wissen müssen, was da heraufbeschworen wurde, denn sie hatten erfahren, was Krieg ist – wenn *ihr* Krieg auch ein fast harmloser im Vergleich zu unserem Bombentag gewesen ist.

Jetzt haben wir vierzig Kinder in unserer Schule. Bis zum Ende des Jahres werden es noch siebenunddreißig sein, denn wieder ist bei dreien die Strahlenkrankheit ausgebrochen: bei Kernmeyers Uli, der der Klügste aus meiner Klasse und das letzte lebende von vier Geschwistern ist, bei Berti aus dem ersten Schuljahr, den jemand am Bombentag in den Fulda-Auen gefunden und nach Schewenborn mitgebracht hatte und der seinen Familiennamen und seine Eltern nicht kennt – und bei Bärbel, unserer kleinen Bärbel, die wir von Frau Kramer übernahmen. Zwei Jahre war sie nun bei uns. Wir haben uns sehr an sie gewöhnt. Es wird ein harter Abschied werden.

Bald werden wir die eine Klasse schließen.

»Du übernimmst dann die, die noch übrigbleiben«, sagte mein Vater gestern zu mir. Und als ich ihn erstaunt ansah, fügte er hinzu: »*Dich* werden sie nicht Mörder nennen.«

Ja, ich werde die Klasse übernehmen. Ich unterrichte gern. Ich bin zwar noch viel zu jung, um Lehrer zu sein, und ich habe das Unterrichten auch nie gelernt. Aber die Kinder werden mich annehmen, weil ich vor dem Bombentag noch nicht erwachsen war.

Es gibt so viel Wichtigeres als Lesen, Schreiben und Rechnen, was ich ihnen unbedingt beibringen will: Sie sollen ein Leben ohne Plündern, Stehlen, Töten haben wollen. Sie sollen einander wieder achten lernen und helfen, wo Hilfe nötig ist. Sie sollen miteinander sprechen lernen und sollen für ihre Schwierigkeiten gemeinsam Lösungen finden, ohne gleich aufeinander einzuschlagen. Sie sollen sich füreinander verantwortlich fühlen. Sie sollen einander liebhaben. Ihre Welt soll eine friedliche Welt werden – auch wenn sie nur von kurzer Dauer sein wird.

Denn diese Kinder sind die letzten Kinder von Schewenborn.

NACHWORT

Daß unser Dasein durch die Existenz einer ständig wachsenden Zahl von Kernwaffen bedroht ist, steht wohl außer Zweifel. Aber viele unter uns verdrängen diese Gefahr und weigern sich, darüber nachzudenken. Sie halten eine Vernichtung der Menschheit für unvorstellbar.

Sie vorstellbar zu machen, habe ich in dieser Erzählung versucht. Schilderungen zukünftiger Geschehnisse, für die es keine Präzedenzfälle gibt, sind überaus schwierig und diskutabel, und man kann sich viele Varianten vorstellen. Ich habe die Katastrophe und ihre Folgen hier glimpflicher und harmloser geschildert, als sie vermutlich in Wirklichkeit wären. Denn ich mußte jemanden überleben lassen können, der noch in der Lage ist, darüber zu berichten.

Vielleicht kann meine Erzählung dazu beitragen, daß wir uns gegen die Gefahr eines atomaren Holocaust zu wehren beginnen. Vielleicht ist es dafür noch nicht zu spät!

Gudrun Pausewang September 1982

NACHWORT ZUR NEUNTEN AUFLAGE

Schewenborn ist kein erfundener Ort. Es gibt ihn: Schlitz, mein Wohnort, ein malerisches Städtchen in Osthessen zwischen Rhön- und Vogelsbergwäldern.

Kurz nachdem ich mein Schewenborn-Buch abgeschlossen hatte, wurden wir Schlitzer aus unserer heilen Welt aufgeschreckt. Der Eisenberg, ein Waldgelände unmittelbar neben Schlitz, sollte ein riesiger amerikanischer Truppenübungsplatz werden.

Wir wehrten uns, nutzten alle friedlichen Mittel, die uns zu Gebote standen. Angehörige aller Gesellschaftsschichten und Parteien beteiligten sich an den Aktionen, fanden auf dieser Ebene ganz neue Wege zueinander und erfaßten die Zusammenhänge zwischen dem Schlitzer Problem und der Problematik des Wettrüstens.

Und das Fast-Wunder geschah: Wir erreichten, daß das Bundesverteidigungsministerium den Antrag der USA auf eine militärische Nutzung des Eisenbergs ablehnte.

Natürlich wirkt sich die Rettung des Geländes nur auf die nächste Umgebung aus. Aber das Beispiel Schlitz zeigt, daß es lohnt, sich zu wehren – im Kleinen wie im Großen.

Aus solchen und ähnlichen Beispielen läßt sich Hoffnung schöpfen – und auch der Mut, sich so intensiv gegen jede Art von Kriegsvorbereitung zu wehren, daß uns allen das Schicksal Schewenborns erspart bleibt.

Gudrun Pausewang — April 1984